IL PLEUT SUR LA PARADE

LUCIE-ANNE BELGY

IL PLEUT SUR LA PARADE

roman

nrf

GALLIMARD

Pour mes fils

Les chevaux harnachés aux voitures et aux carrosses partaient au triple galop ou se cabraient en apercevant le Golem. Les chiens aboyaient furieusement. Les oiseaux s'envolaient aussi haut que possible pour tourner au-dessus des toits. Les corbeaux croassaient. Même les vaches se mirent à mugir en voyant le Golem avancer sur ses jambes immenses, dominant tout le monde de la tête et des épaules.

ISAAC BASHEVIS SINGER,
Le Golem

Prologue

Il faut expliquer que *shikse* vient de l'hébreu *sheketz* qui veut dire « abomination » ou « souillure ». On l'utilise pour parler d'une femme non juive mariée à un homme juif. Je préfère « souillure » pour son côté craché et mesquin, « abomination » est plus grandiloquent. On dit que les mariages comme ceux-là créent une deuxième Shoah. La disparition progressive des juifs par l'amour des femmes.

Je suis l'holocauste qui transforme des spermatozoïdes juifs en enfants goys.

I

De toute façon, je me suis toujours méfiée des enfances heureuses. Les enfants ravis d'être là, mon doudou mon tracteur mon goûter maman je t'aime et les licornes, ça fait des adultes qui n'ont aucune résistance. Quand on passe dix ans à s'imaginer que la vie est un champ de coquelicots et que les autres n'existent que pour faire notre bonheur, il est difficile ensuite de se faire quitter sur un trottoir par celui qu'on aime. Alors qu'une enfance comme celle de mon fils Ariel, à se faire pousser en dehors de l'équipe et à exaspérer les adultes, vous promet une vie qui ressemble à la vie.

C'est une des choses que je me dis pour me rassurer d'avoir engendré Ariel et son étrange brutalité. Mon fils a une façon répétitive et automatique de taper sur les autres gosses, comme ces machines qui pilonnent en cadence dans les usines. Il me dit souvent que ça le rend triste, qu'il aimerait ne pas le faire, qu'il voudrait être normal. Je pourrais répondre : « tu es normal, mon chéri », mais ce n'est pas vrai. D'abord, personne n'est normal, et si quelqu'un devait l'être ce ne serait pas ce petit garçon trop grand pour son âge qui fait le vide dans la cour de récréation en se servant de son manteau comme d'un fléau d'armes.

Ariel ne frappe que les autres enfants. Il a une brutalité horizontale, il respecte l'autorité des aînés et je n'ai pas à craindre qu'il file un coup de pied dans la canne d'un vieillard. C'est une autre chose que je me dis pour me tranquilliser les matins comme celui-là.

Nous sommes un dimanche de janvier et Ariel a cinq ans. Il a passé la matinée à dessiner une princesse dans un arc-en-ciel pour une fille de sa classe qui pourtant ne voudra jamais jouer avec lui. Nous sortons de notre immeuble pour prendre le bus jusqu'à l'appartement de mes beaux-parents. Nous tournons à gauche vers l'arrêt de bus et je reconnais le garçon qui arrive en face de nous avec sa mère, il est dans l'école d'Ariel. J'envisage une seconde de faire demi-tour de peur qu'il ne montre mon fils du doigt en criant : « regarde, maman, c'est celui qui tape tout le monde », mais nous sommes en retard et mon beau-père déteste le retard. Le gamin arrive à notre hauteur, il lève joyeusement sa moufle et dit : « salut, Ariel ! », je lui souris. Mon fils répond : « salut, Léonard », puis il lâche ma main et se précipite sur lui, le pousse au niveau du plexus et le fait tomber sur le trottoir, puis il arrache ses lunettes et les brandit en l'air en chantonnant : « nananananana » avec ce ton qu'utilisent les enfants pour signifier qu'ils sont les plus forts. Je rattrape les lunettes et les rends à Léonard qui est au sol, en pleurs. Sa mère s'agenouille près de lui pour le consoler puis elle se tourne vers nous et nous dévisage avec colère, une colère stupéfaite. Une façon de me dire : « Mais les chiens méchants on les attache, madame. »

Je demande à Ariel de s'excuser, il baisse la tête, fixe ses pieds en fronçant les sourcils et murmure : « Pardon,

Léonard, de t'avoir pris tes lunettes. » La mère aide son fils à se relever et ils s'éloignent.

Je regarde notre bus qui stationne devant l'arrêt et j'hésite. Si je monte dans celui-là, les passagers qui ont vu la scène s'attendront à ce que je sermonne Ariel pendant tout le voyage. Durant les vingt-cinq prochaines minutes, nous ne serons que la violence d'Ariel. Si j'attends le bus suivant, nous serons en retard, mais anonymes. Je choisis d'attendre et nous nous asseyons sur un banc.

« Ariel, ce n'est pas possible de faire ça. Chez tes grands-parents, il n'y aura ni dessin animé ni bonbon, et lundi tu t'excuseras à nouveau auprès de Léonard.

— Tu vas le dire à papa ?

— Tu sais bien que oui. »

Avec son ongle, il gratte une étiquette collée sur le banc en fronçant les sourcils.

« Pourquoi tu l'as poussé comme ça ?

— Moi je voulais jouer.

— Mais jouer à quoi ?

— À l'école, ceux qui ont des lunettes jouent à se les enlever du nez et à se les échanger.

— C'est ce que tu as voulu faire, là ?

— Ben oui, mais il n'a pas rigolé. »

Je suis sur le point de répondre quand je sens qu'on me tape l'épaule. Je me tourne vers une femme inconnue.

« Oui ? »

Elle regarde Ariel et d'un ton assuré, un ton qui force à finir son assiette, elle dit : « Madame, excusez-moi mais il ne faut pas le laisser se comporter comme ça. Jeune homme, c'est très méchant ce que tu viens de faire. Si j'avais fait la moitié de ça quand j'avais ton âge, j'aurais reçu une sacrée correction. »

Je ne sais pas quoi répondre, tout ce qui me vient est insultant et grossier.

« Le 91 est là, Ariel, on y va. »

Je prends sa main et nous montons dans le bus sans un mot pour cette femme qui nous voulait sans doute du bien. Assise sur la banquette, la tête d'Ariel sur mon épaule, je regarde la Seine du pont d'Austerlitz. J'embrasse ses cheveux frisés et je sors mon téléphone de ma poche. J'envoie un SMS à Jonas : « D'accord, rencontrons la psy. »

Jonas a le numéro de téléphone d'une pédopsychiatre très connue, le genre sommité des pète-au-casque. Il m'en parle depuis des semaines, il soutient qu'elle doit rencontrer Ariel, qu'elle pourrait nous aider, qu'il y a forcément une raison pour laquelle notre fils utilise la violence pour communiquer avec les autres enfants. Elle passe à la radio, elle écrit des livres. Elle a une tête de mauvaise nouvelle, d'appel en pleine nuit et de repas pris au distributeur automatique de l'hôpital. Elle s'occupe de choses qui se passent très loin de nous, d'enfants psychotiques qui tuent leurs camarades ou s'arrachent les cheveux pour les manger. Je voudrais la laisser à ses cas critiques, mais je veux qu'elle nous aide, que quelqu'un fasse quelque chose.

Sur la place de la Bastille, je sens mon téléphone vibrer. « Je m'en occupe. » C'est Jonas. Jonas va faire quelque chose.

J'ai choisi Jonas parce que je voulais construire une histoire d'amour. C'est lui qui a voulu devenir le père de notre enfant.

Nous nous sommes rencontrés dans une cave spécialisée dans le vin allemand. C'était une dégustation de vin de Moselle, un rendez-vous arrangé par une amie commune, ce qui ne marche jamais sauf quand ça marche. Je savais que la finalité de notre rencontre était romantique, pas lui. Il était secrètement amoureux de l'amie commune et c'est pour elle qu'il était venu.

Il m'a dit qu'il s'appelait Jonas, puis : « En tant que juif, je ne me sens pas très à l'aise dans une cave allemande, donc ne t'étonne pas si à un moment tu te retournes et que je suis parti en courant. » Je ne connaissais pas de juif fille ou garçon, tout cela était très nouveau. Je ne sais plus très bien ce que l'on s'est raconté au cours de cette soirée, mais je me souviens d'avoir beaucoup ri.

Jonas commençait à se dégarnir, ses lunettes n'étaient pas adaptées à la forme de son visage et rapetissaient ses yeux noirs. J'aimais son pantalon de velours, sa chemise ajustée et ses Clarks. C'était un garçon doux et soucieux, aux allures de feu de bois et de tapis anciens. Sa voix était basse et grave. Il parlait lentement et savait maintenir l'attention, il n'avait pas cet empressement de convaincre ou de plaire, cette frénésie associée à son âge ou à notre époque. Son timbre m'évoquait ces grottes où on s'abrite de l'orage pendant une marche, un lieu chaud et sûr qui n'est pas tout à fait chez soi.

Nous avons échangé nos numéros de téléphone et avons entrepris une correspondance virtuelle pendant plusieurs mois. Nous passions des soirées entières à nous parler au téléphone, nous développions ensemble une grammaire et un vocabulaire communs. Je pensais que nous tombions amoureux. Je lui proposais des rendez-vous qu'il refusait poliment sous divers prétextes. Malgré tout, il m'écrivait et m'appelait quotidiennement, j'occupais sa solitude. Devant mon insistance et, comprenant ce que nos échanges faisaient naître en moi, il m'a annoncé : « Je ne me vois sortir avec personne en ce moment, ni avant un long moment. »

J'ai eu l'impression qu'on m'arrachait au beau tableau que je m'étais peint. J'ai passé les jours suivants à regarder dans le vide en me demandant ce que j'avais mal compris. À mes copines, je disais : « Mais enfin, personne n'appelle ses amis deux heures par jour, je ne suis pas folle ? » Pour me protéger, j'espaçais mes réponses à ses messages. Je laissais au temps le soin d'effacer mon amour pour Jonas. J'attendais de pouvoir me contenter de son amitié. Je ne pouvais pas me résigner à le faire sortir définitivement de ma vie, personne n'était aussi drôle et agréable que lui.

Après trois mois de silence, il m'a écrit pour la nouvelle année. Nous avons recommencé à nous écrire, puis à nous parler mais je ne souhaitais pas laisser s'installer à nouveau l'unilatéralité. J'étais lasse d'être la bonne copine et j'ai démarré une histoire romantique avec un autre garçon en abreuvant Jonas de détails. Dans l'histoire de la manipulation amoureuse, la technique de la jalousie reste la plus radicale. Si elle ne marche pas, il n'y a plus rien à tenter. J'étais gênée pour l'autre garçon qui était charmant mais m'évoquait, à côté de Jonas, l'eau de cuisson dans laquelle baignent les légumes qu'on vous sert à la cantine.

Après quelques jours, Jonas m'a proposé que l'on parte en week-end ensemble. Ce fut le début de notre histoire. Il ne m'a pas proposé de boire un verre ou d'aller au cinéma, il m'a proposé de partir en week-end, après m'avoir laissée attendre des mois. Je n'ai pas cherché à comprendre ce revirement brutal, j'avais vingt-cinq ans et j'étais folle de bonheur. C'était il y a dix ans.

Je ne raconte jamais cette histoire aux personnes qui s'accrochent à des amis en espérant qu'il se passe quelque chose, car elle finit bien et ce n'est pas toujours comme ça. Il arrive que l'on tombe amoureux d'un copain, que ledit copain le sache très bien et vous garde quand même comme « ami spécial » jusqu'à ce qu'il rencontre quelqu'un qui l'intéresse vraiment, et quand cela arrive on se trouve dévasté alors même que tout le monde nous avait prévenu. Dans mon cas, je crois qu'il attendait quelqu'un qui l'intéresse vraiment, mais qu'en cours de route c'est devenu moi.

Je ne le raconte pas non plus aux non-juives qui aiment les juifs parce que chez nous ce n'était pas un sujet, du moins au début.

Jonas m'a demandée en mariage deux ans après ce premier week-end ensemble, dans la cave à vin où nous nous étions rencontrés, avec un diamant de la taille d'une petite île bretonne.

Nous nous sommes mariés à Paris. Dans ses vœux, il m'a promis que nous serions toujours bêtes ensemble et que nous vieillirions sans devenir des grandes personnes. Il portait une kippa, a cassé un verre accompagné par un orchestre klezmer et nous nous sommes fait porter sur des chaises en hurlant de peur. Nous avions prévu de célébrer la noce dans un petit restaurant de la rue des Rosiers, au fond d'une cour, où l'on peut faire la fête sans déranger les voisins. Un soir où nous avions rendez-vous avec le gérant pour l'organisation, un vieil homme à longue barbe et kippa que nous ne connaissions pas s'est installé à notre table. Il m'a demandé mon prénom, j'ai répondu : « Lucie.

— Vous n'êtes pas juive, Lucie, n'est-ce pas ?

— Non.

— C'est intéressant ce prénom, Lucie, ça veut dire la lumière, vous savez ? C'est un prénom qu'on ne donne pas beaucoup chez nous ; il est très beau mais il vous donne des devoirs. Vous savez qu'en épousant ce jeune homme juif sans l'être vous-même, vous allez en éteindre, justement, des lumières, vous allez empêcher la naissance d'enfants juifs et priver votre mari d'enfants qui sont comme lui. »

Il a laissé quelques secondes passer.

« Je vous demande de vous interroger sur votre devoir envers lui et envers sa famille. »

Il a conclu en m'expliquant que si je m'y mettais tout de suite, avec un peu d'huile de coude, d'ici à deux ans je pourrais me convertir et régler le problème.

Jonas et moi étions habitués à ce genre de propos et ni lui ni moi n'avons répondu. Nous avons simplement changé de lieu de réception et modifié l'adresse à la main sur nos faire-part. Nous n'avons pas défendu notre choix de vivre en mixité, parce que nous nous sentions tous les deux coupables et que nous avions l'impression d'expier en nous faisant faire la leçon par un vieil emmerdeur.

Nous formons un couple poreux.

Nous sommes perméables aux avis, aux critiques et à la culpabilité.

Faites un manteau de nos peaux et vous aurez toujours froid.

Jonas m'a dit : « Pour eux tu seras toujours une *shikse*, une goy démoniaque qui a volé un gentil juif à une gentille juive. »

Il a ri, mais je sais qu'une partie de lui pense de la même manière.

Je suis un tiraillement de conscience insoluble.

Notre fils Ariel est le fruit de sa décision.

La pédopsychiatre que Jonas a contactée s'appelle Françoise Bouchez. Son cabinet se trouve dans un immeuble ancien d'un quartier de ministères et d'ambassades. En entrant, il y a un ascenseur en fer forgé et des tapis de teinte rouge cloutés sur l'escalier. Dans la salle d'attente, des jeux pour enfants et des magazines pour les adultes aux problèmes mineurs : entretenir sa peau ou faire fructifier son patrimoine.

Françoise parle en détachant bien les syllabes, d'une tonalité tranquille qui vous tend un panier et vous embarque vers un de ces chemins où se cachent des mûriers. Elle a des airs de maison de campagne et d'aïeule qu'on appelle Bonne-Maman.

Nous sommes venus habillés comme des parents responsables, Jonas porte une chemise sur mesure avec ses initiales brodées et moi un pull en matière noble qu'il est difficile de laver et qui est facilement grignoté par les mites. Le genre qui dit au monde, et à Françoise en particulier : je sais entretenir un pull comme ça, alors vous imaginez bien que je sais élever mon fils. La pédopsychiatre s'installe sur un fauteuil face à Jonas et moi. Ariel est assis sur le sol et fouille le coffre à jeux. Elle nous demande ce qui nous amène et nous écoute lui parler de la violence d'Ariel.

« Ce qui est difficile, c'est que quand il arrive quelque part, son premier réflexe, c'est de taper sur un gamin. On dirait que c'est sa seule façon d'entrer en contact. On l'a vu attaquer des petites filles, leur balancer du sable dans les yeux en arrivant au parc et quand on en parle avec lui, il nous dit que c'est pour jouer. On a essayé par tous les moyens de lui expliquer, de le faire changer, rien ne marche. Le pire, c'est qu'il souffre de ne pas réussir à se faire des copains, mais il continue d'attaquer pour communiquer, ce qui pour nous n'a aucun sens », explique Jonas.

Françoise hoche la tête. Elle pose des questions à Ariel qui lui répond platement, sans lever la tête de son jeu de construction. Elle fixe ensuite son attention sur nous et, en baissant la voix, nous demande : « Bon, et comment allez-vous, vous ?

— Mal », répond Jonas.

C'est une chose qu'il faut savoir sur Jonas, ce plaisir qu'il a à se plaindre. Jonas se plaint de tout et auprès de tout le monde, sans distinction. La vie de Jonas est une élégie, une petite chanson tendre et triste et il va vous la chanter.

Ma réaction, quand on me parle d'Ariel, est de ne rien répondre d'autre que « ça va ». Je veux éviter qu'on ait pitié de moi, qu'on me rappelle que ce que je vis n'est pas normal. Je n'ai pas envie d'expliquer que c'est incompréhensible pour des gens comme nous d'avoir un enfant violent, que nous nous isolons par honte, que nous sommes inquiets. Je n'en peux plus d'entendre : « Je ne sais pas comment tu fais. » Je ne sais pas comment je fais non plus. Je n'ai pas le choix. J'aime mon fils, ça aide beaucoup. Je l'aime peut-être plus que les autres mères, parce que je dois l'aimer pour tout le monde. Je dois l'aimer pour les enfants qui ne veulent pas jouer avec lui parce qu'il finit par leur taper dessus, je dois l'aimer pour les adultes qui le trouvent épuisant et je dois l'aimer pour lui, parce que ce n'est pas facile de s'entendre dire en permanence que l'on est méchant et de ne jamais être invité aux anniversaires.

Jonas, lui, dit la vérité. Il dit qu'il va mal.

« C'est difficile, parce qu'on ne comprend pas tellement, nous on est plutôt du genre non violent, je précise.

— Disons qu'on est d'une non-violence qui penche dangereusement vers la lâcheté, ajoute Jonas. J'ai l'impression qu'on passe notre vie à nous excuser. »

Françoise prend des notes sur le cahier ouvert sur ses genoux. D'un mouvement de poignet horizontal, elle souligne certaines phrases en hochant la tête.

« Et comment va votre couple ? Vous arrivez à faire des choses à deux ? »

On se regarde, Jonas et moi. Je ne sais pas pour lui, mais je n'ai aucune envie de parler de notre couple avec Françoise. Il répond : « ça va, oui », et elle poursuit : « Dans une situation comme la vôtre, il est important de vous épauler. Assumer ensemble, c'est la grande épreuve de la parentalité. Il faut que vous arriviez à vous préserver en tant que personne, être là l'un pour l'autre, ne pas concentrer toute votre attention sur Ariel. Vous devez penser à vous, et créer un cadre apaisant et heureux pour chaque membre de la famille. »

Elle nous propose de faire passer à Ariel une série de tests pour comprendre ce qui le préoccupe. Elle veut lui faire regarder des images et lui poser des questions pour identifier des angoisses qu'il ne formulerait pas. Il faudra compter trois séances et après il y aura une restitution.

Elle dit qu'elle connaît les cas comme celui d'Ariel, qu'elle pourra l'aider.

Ariel range sa construction dans un placard que Françoise lui réserve et nous nous donnons rendez-vous pour la semaine suivante.

Nous raccompagnons Ariel à l'école maternelle. Sur le chemin, il nous demande s'il existe une sorte de capitaine des globules blancs chargé de mener les troupes pour combattre les micro-organismes invasifs, il ne comprend pas comment ils peuvent se coordonner sans chef. Je ne crois pas qu'il existe une hiérarchie dans le monde des globules, mais je promets de me renseigner.

Je le laisse à la porte.

Nous venons de confier notre avenir aux bons soins de Françoise et de la psychopathologie. Elle va observer nos conscients, nos inconscients, nos subconscients, tous ces concepts brumeux et interlopes qui m'évoquent des salles de jeu clandestines, des tripots pour initiés. Des endroits où se passent des choses qu'on ne veut pas voir, les souterrains vaseux d'une vie que l'on voudrait toujours propre et lumineuse. Là où se cachent nos secrets, nos peurs et toutes ces choses qui, sans qu'on le sache, nous ont réunis Jonas et moi et qui ont fait les parents que nous sommes. Françoise va nous dire : « Il y a un problème que vous n'aviez pas vu quelque part dans votre histoire, je l'ai trouvé dans l'inconscient de votre fils, regardez, il est là, il semble minuscule et inoffensif comme ça et pourtant c'est lui qui cause tous ces soucis, enfermons-le dans un bocal et rejetons-le dehors », et nous pourrons comme les autres aller à la fête de l'école, au parc, aux anniversaires, aux repas entre copains, nous aurons un fils heureux d'être au monde et nous serons sauvés.

Quand j'ai rencontré les parents de Jonas, j'étais nerveuse et intimidée. J'avais en tête tous les clichés sur les parents juifs et l'accueil qu'ils réservent aux filles comme moi. Au début de notre histoire, il arrivait qu'on demande à Jonas : « Et tes parents, ils le prennent comment? », comme s'il sortait avec une cousine éloignée.

Jonas se fichait que je ne sois pas juive et il ne croyait pas à la conversion. Pour lui, être juif n'a rien à voir avec Dieu. Il faut naître comme ça, sinon tant pis. Il disait : « Juif, ce n'est pas une religion, c'est une façon d'avoir peur, tu ne peux pas l'apprendre dans un cours du soir. »

J'ai rencontré ses parents un dimanche matin, quelques mois après le début de notre histoire. Jonas et moi arrivions par la rue Saint-Antoine. Autour de nous, les touristes s'intéressaient aux vitrines. Ils regardaient les fruits disposés en pyramides, les pâtés en croûte de toute sorte, les fromages sophistiqués, toutes ces choses auxquelles nous étions habitués et que nous ne voyions plus. Jonas m'a prévenue : « Mon père est très religieux. Ça lui a pris après la mort de son père, une espèce de crise mystique. Pendant des années, il nous disait que le jambon n'était pas vraiment du porc et puis, tout d'un coup, il est devenu pratiquant.

— Ton père sait que tu manges du porc ?

— Non, et personne ne va lui dire. S'il te fait le couplet du patriarche, tu laisses passer, je lui parlerai après. Surtout, tu ne le contredis pas. »

Comme si j'allais me risquer à contredire son père. J'avais très peur que sa famille me rejette, Jonas le savait.

« Lucie, on va une heure chez mes parents, ça va très bien se passer, ma mère va t'adorer. S'ils te sortent l'étoile jaune de ma grand-mère, tu bois un verre d'eau.

— Tu crois vraiment qu'ils vont me sortir l'étoile ?

— C'est tout à fait possible.

— Mais pourquoi ? Ils savent que je sais ce qui s'est passé.

— Mais est-ce que tu le sais assez ? »

J'avais lu *Un sac de billes* de Joseph Joffo au collège et vu la première partie de *Shoah* à la Cinémathèque il y a quelques années, était-ce assez ? J'ai demandé à Jonas si sa grand-mère portait vraiment une étoile.

« Mais enfin, Lucie...

— Je sais pas, elle aurait pu être cachée !

— Avant d'être cachée, elle la portait oui.

— Elle était cachée où ?

— Dans des caves.

— Et ton grand-père ?

— Il vivait dans un shtetl en Pologne. Il a été déporté avec sa famille, il a survécu avec deux de ses frères, les autres sont morts. Lui il est venu en France, ses deux frères sont partis aux États-Unis.

— Donc ça, c'est les parents de ton père ?

— Oui, ils sont morts maintenant.

— Et ceux de ta mère ?

— Mon grand-père s'est tout de suite engagé dans l'armée, il a été prisonnier de guerre et ça l'a sauvé. Tu le rencontreras bientôt. Ma grand-mère était plus jeune, elle était dans un internat, ses parents l'avaient baptisée pour la protéger, eux ils ont été déportés, ils ne sont jamais revenus.

— Mais Jonas !

— Quoi ?

— C'est horrible !

— Oui, c'est la Shoah, je ne sais pas si tu connais ? On en parle un peu à l'école. »

Nous étions au croisement de la rue Saint-Antoine et de la rue des Tournelles. Nous faisions face à la place de la Bastille, le génie en équilibre sur la pointe du pied semblait me suivre des yeux. Je marchais, le bras sous celui de Jonas. Rue des Tournelles, nous sommes passés devant la synagogue où stationnent des voitures de luxe les jours de mariage. Puis, nous avons bifurqué rue du Pas-de-la-Mule jusqu'à un magasin d'artisanat russe. Dans la vitrine, une trentaine de poupées collées les unes contre les autres. La plus petite faisait la taille d'un ongle et la plus grande celle d'un avant-bras. Si leurs visages étaient identiques, joues claires, longues tresses blondes et couronnes, leurs ventres présentaient des scènes de vie en forêt, d'hommes et de femmes cueillant des fruits ou rencontrant des oiseaux merveilleux, toutes différentes mais cerclées des mêmes ondulations dorées. La chaîne de poupées serpentait crescendo jusqu'à une matriarche gigantesque, l'ogresse de toutes les autres. J'aurais voulu entrer dans la boutique et me cacher dans cette grande boîte de femmes, mais Jonas a composé le code et nous sommes entrés dans l'immeuble de ses parents.

Les parents, en général, ne m'aiment pas beaucoup. J'ai des difficultés à regarder les gens dans les yeux ou à répondre aux questions, que souvent je trouve embarrassantes. Je fais des miettes en mangeant, je laisse traîner des mouchoirs en papier partout et j'ai des taches sur mes vêtements. Je ne voulais pas monter les escaliers et je ne voulais pas qu'il appuie sur la sonnette.

En me voyant, sa mère a souri exagérément et m'a prise dans ses bras. Elle sentait une odeur de propre et de laque, elle ressemblait à ces femmes qui vont tous les matins chez le coiffeur. Elle était grande et mince, un physique de court de tennis et de vacances passées à nager aux aurores. Son mari était plus petit, trapu et presque chauve. Il était en retrait, le regard préoccupé et sombre, il tenait un livre dans la main et avait ses lunettes de lecture sur le nez.

On s'est installés dans un salon sans télé, une théière était posée sur un plateau en argent au milieu des tapis et des moulures. Autour de nous, les attributs classiques des appartements ashkénazes que j'apprendrais ensuite à rechercher et reconnaître. La mézouzah[1] à l'intérieur de la maison contrairement à la tradition, pour ne pas être vue de l'extérieur, les différentes sortes de chandeliers qu'on appelle menora, les reproductions de Chagall ou équivalent, le tableau sinistre d'un vieux rabbin qui étudie. Dans les bibliothèques, des centaines de livres, dont ceux écrits par le père de Jonas qui ne sont achetés que par ses étudiants.

Michelle, la mère de Jonas, m'a posé les questions habituelles d'une première rencontre, d'où je venais, ce que je

1. Étui contenant un rouleau de parchemin avec deux passages de la Torah, fixé de biais sur le montant des portes.

faisais dans la vie. J'ai répondu que je venais de Nancy et que je m'occupais de récolter de l'argent pour des structures associatives, je coordonnais des campagnes d'appel aux dons et la recherche de grands donateurs pour aider des sans-abri et des réfugiés. Jonas, lui, travaille au Conseil constitutionnel. Il passe sa journée dans son bureau à se demander si les lois et les règlements sont conformes aux Droits de l'homme, à la Constitution et toutes ces choses très importantes. Il fait des recommandations aux membres du Conseil qui sont d'anciens présidents de la République, des politiques respectés et de grands magistrats. J'étais bien consciente de la différence entre nous.

Serge, le père de Jonas, ne disait rien. Il était assis sur un fauteuil, ses lunettes pendant au bout d'une chaîne sur sa chemise blanche. Ses jambes étaient croisées et une de ses mules en cuir noir se balançait de haut en bas. Ses paupières étaient basses et il semblait s'ennuyer. J'avais peur qu'il me parle de l'étoile de sa mère.

Michelle nous faisait la conversation de sa voix guillerette. Une voix qui invitait à la confidence, qui répondait presque à ma place, qui forçait une intimité pour laquelle j'étais déjà d'accord. Au bout d'un moment, Serge est intervenu : « Jonas nous a dit que vous n'étiez pas juive, Lucie.

— Papa..., a réagi Jonas.

— Jonas vous l'a sans doute dit, nous sommes très religieux. J'ai essayé de lui transmettre ça. Chaque samedi à la synagogue, je vois les pères avec leurs fils. Je dis à Jonas : "viens samedi", mais il ne vient jamais. Il vient à Kippour. Un juif de Kippour, voilà ce qu'il est. Bon, il vous ramène, c'est bien. Vous avez l'air gentille, intelligente, je comprends. On ne peut pas dire que ce soit une surprise pour sa mère et moi. Mais ça nous choque. On ne se serait jamais autorisé une chose pareille. Et lui, il rit, il vous appelle *shikse*, comme si c'était une blague tout ça.

— Papa !

— Quoi ? Elle va être ma belle-fille et je ne peux pas lui dire ce que je pense ? Qui ne veut pas l'entendre ? Elle ou toi ?

— Serge, ce n'est pas le moment de parler de ça, a dit Michelle.

— Mais ce sera quand, le moment ? Quand elle va donner à nos petits-enfants des prénoms goys ? Quand elle va les baptiser ?

— Papa, c'est bon !

— Serge !

— Je peux parler sous mon toit ? Je peux parler à mes enfants ? Ou il me faut une autorisation ? » a demandé Serge.

Michelle et Jonas se sont tus. J'étais terrifiée. Je n'avais aucune envie qu'il continue. Et pourquoi avait-il dit « mes enfants » ? Il parlait de moi ? Sinon de qui parlait-il ? Jonas était fils unique.

« Ce que je veux dire, et Lucie doit l'entendre, c'est que Jonas a des obligations et que ses choix entraînent des conséquences.

— C'est bon, papa, on en rediscutera », a répondu Jonas.

J'ai hoché la tête pour dire que je comprenais. Michelle m'a proposé de reprendre du thé. Ensuite, Jonas a demandé ce qu'ils avaient vu au cinéma dernièrement, et sa mère a répondu de son ton enjoué, comme s'il ne s'était rien passé. En me raccompagnant, Michelle m'a dit : « Ne faites pas attention à Serge, j'ai été ravie de vous rencontrer. »

Dehors, Jonas a voulu me rassurer.

« Je suis désolé. Je pensais qu'il me dirait ça à moi, pas à toi. Je vais l'appeler, ça ne se reproduira plus.

— Mais c'est quoi tes obligations ? De quoi il parlait ?

— Mais rien... Enfin si, théoriquement, mon obligation c'est d'avoir des enfants et qu'ils soient juifs.

— Mais on ne sait pas encore si on veut des enfants !

— Ça ce n'est pas du tout le sujet. On ne raisonne pas comme ça. Ça n'existe pas : pas d'enfant.

— Mais si on ne veut pas d'enfant, on ne veut pas d'enfant.

— C'est pour ça que mon père parle d'une obligation, ce n'est pas une option. On fait des enfants et ils sont juifs. C'est le devoir des survivants de faire en sorte qu'on continue à vivre. Et en faisant des enfants avec des goys, on fait des enfants goys. Je suis déjà soulagé qu'il ne t'ait pas fait le coup du deuxième holocauste.

— Du quoi ?

— Le deuxième holocauste, c'est comme ça que certains juifs appellent le fait d'épouser des non-juives et de leur faire des enfants.

— Tu penses ça, toi aussi ?

— Non, mais à nouveau, on parle de mes parents. Lucie, on s'en fout, on s'en fout de mes parents. Tout va bien, je vais leur parler. »

J'avais la sensation de trahir, ou plutôt d'être celle par qui venait la trahison, celle qui s'accrochait et qui aurait dû comprendre qu'elle gênait.

Par la suite, Serge et Michelle m'ont invitée à tous leurs repas, à toutes leurs fêtes, sans que l'on parle jamais de l'éléphant goy dans la pièce. Je ne sais pas de quoi Jonas a menacé son père ou ce qu'il lui a promis, mais j'étais là et cela semblait normal. Pudiquement, ils m'ont transmis leur culture. Tiens, goûte, c'est des foies hachés. Tiens, regarde ce film sur les shtetls disparus. Tiens, écoute cette blague. Tiens, apprends cette expression en yiddish.

J'ai appris que les shtetls étaient des villages peuplés de juifs qui se trouvaient en Pologne, en Russie, en Ukraine ou dans les pays baltes. Avant la Seconde Guerre mondiale, près de dix millions de personnes écrivaient, chantaient et riaient en yiddish dans ces villages posés comme des pions sur la carte de l'Europe. C'est pour cela qu'on l'appelle le Yiddishland, c'est le pays de cette langue. Elle était ce qui reliait tous ces gens entre eux. Il ne reste plus rien maintenant de ces villages, ils ont été vidés par l'histoire, comme on dit pudiquement. Le yiddish ne circule plus qu'à travers des mots posés çà et là dans les familles comme celle de Jonas. Qui sait ce que veut dire *schnorer*[1], le premier mot yiddish que m'a dit le grand-père de Jonas ? Et qui demande à son fils de se laver le *tokhes*[2] tout seul, à part l'homme que j'aime ?

De ce monde disparu, Jonas a gardé l'accent, celui de ses grands-parents, qu'il prend pour nous faire rire. « Papa, fais l'accent du shtetl ! » demande Ariel, ou bien : « Dis encore des mots en yiddish. » Jonas attrape sa guitare et chante « Az der Rebe tantst ». Il prépare un bouillon de boulettes de farine appelé *kneidlers*, et notre fils ne se doute pas qu'il aurait pu grandir autrement.

1. Mendiant.
2. Fesses.

Quand Jonas a rencontré mes parents et qu'il a visité leur maison, il m'a dit en sortant : « C'est l'endroit le plus goy que j'ai vu de ma vie. »

La maison où j'ai grandi se trouve à côté de Nancy, à l'orée d'une forêt. J'avais prévenu Jonas que mes parents n'avaient rien à voir avec les siens ou avec des parents normaux. Il pensait tomber sur un petit pavillon, mon père dans une tenue de papa, ma mère dans des attitudes de maman. J'avais eu beau lui expliquer cent fois, il a quand même été surpris.

Mon père était venu nous chercher à la gare dans sa voiture qui sent l'animal mort quelle que soit la saison : sang frais et humidité en période de chasse, poisson et vase en période de pêche. Par-dessous, l'odeur des Gitanes sans filtre qu'il fume la fenêtre fermée. Jonas essayait de lui faire la conversation mais mon père ne répondait pas. Mon père parle peu, il écoute. Il écoute ma mère lui raconter ses histoires de militante, de vie associative et les petits potins du quartier. Il l'écoute quand elle lui assigne des tâches, essentiellement des courses, aller acheter ceci, passer récupérer cela, et il s'exécute sans discuter. C'est son moyen d'avoir la paix. La vie de mon père est tendue vers un objectif simple et unique : qu'on lui foute la paix. La journée, il tue des animaux et fait pousser des légumes, le soir il joue aux cartes chez des voisins ou dans des cercles de jeu. Quand il pleut, il fait une réussite sur la table de la cuisine. Il a essayé le poker sur Internet, mais ce n'est pas pareil si on ne voit pas les gens.

Dans la voiture, Jonas regardait autour de lui et commentait ce que l'on croisait. « Oh, il y a un parc », « jolie cette maison Art nouveau », « vous avez déjà essayé ce restaurant chinois ? » Il ne le savait pas mais les rues que nous traversions se trouvaient à trente-cinq minutes de chez moi, dans le centre-ville de Nancy que mon père ne fréquente jamais. Il n'y vient qu'avec ma mère, quand elle l'y oblige, car il ne sait pas où se garer.

Jonas n'était pas habitué à ce qu'on ne fasse pas l'effort de répondre à ses questions. Il insistait et je le sentais peiné. Il s'est mis à me parler à moi qui étais assise derrière, en se dévissant le cou. Quand la voiture s'est arrêtée devant la maison, mon père n'a rien dit. Il s'est contenté d'ouvrir la portière et de sortir, dans son treillis de chasse avec ses rangers et sa polaire vert forêt.

Notre pavillon ressemble à tous ceux de la rue, ils ont tous été construits en même temps. La particularité du nôtre, c'est son jardin. Celui des voisins est conçu sur un modèle parterre de fleurs, zone bétonnée pour le repas, pelouse avec balançoire ou équivalent. Celui de mes parents est un mélange d'atelier de sculpture et de potager avec, au fond, le poulailler qui est un refuge pour de vieilles poules qui ne pondent plus et que ma mère récupère avant exécution.

Il y a quelques années, en plus des poules, il y avait des oies. Un jour, elles ont réussi à s'enfuir et les enfants de mon frère se sont fait poursuivre à travers le jardin par un jars hors de lui qui agitait les ailes en poussant des cris stridents. Mon frère et sa femme ont demandé qu'on se débarrasse des oies, les enfants avaient eu très peur et eux aussi. Ma mère a accepté à contrecœur et maintenant, chaque fois que l'un de ses petits-enfants la déçoit, elle se lamente : « Quand je pense que c'est pour ça que j'ai donné mes oies. »

Au rez-de-chaussée de la maison se trouve la cuisine tapissée d'affiches colorées avec les slogans des causes que soutient ma mère. La lumière du jardin entre par une fenêtre à voilage. Autour du plan de travail bleu moucheté, de l'électroménager assorti d'un jaune devenu fade. Mon père a cassé le mur pour créer une grande pièce reliant la cuisine à la salle à manger, qui sert aussi de salon. On y trouve des fauteuils lourds et sombres, une table de ferme avec un tiroir qui ne ferme pas, des chaises en formica et une télé dont on a perdu la télécommande. Dans un coin, un système audio de la taille d'un meuble qui permet d'écouter des vinyles et des CD, relié par câble à d'énormes enceintes. France Inter tourne en permanence, et ma mère augmente le son pour la météo marine. Elle dit que ça lui file le cafard, mais dans le bon sens du terme. Au mur, des gravures abominables d'un copain qu'ils laissent pour lui faire plaisir. Un cygne au point de croix et une peinture faite par ma mère pendant un cours d'art plastique censée représenter le passage de la ménopause.

Avant, il y avait les têtes de sangliers et de cerfs tués par mon père. Et puis ma mère a décrété que c'étaient des attrape-poussières, une illustration crasse de la barbarie humaine, et elle les a transférées dans le garage. Le garage est l'espace paternel, personne n'y va jamais. Ce n'est plus un garage depuis longtemps, c'est une pièce aveugle où il a installé un système d'évacuation dont il se sert pour vider son gibier.

J'ai prévenu ma mère que Jonas était juif, je savais qu'elle s'en ficherait. Elle appartient à cette sorte de catholiques qui ne croient pas que les juifs ont tué Jésus. Elle est allée à l'église chaque dimanche des quarante premières années de sa vie et puis elle a arrêté, elle ne voulait plus de religion. Malgré ses propos très tranchés sur le pape et les curés, elle continue, pour Noël, à décorer un sapin et sortir les santons de ma grand-mère. Ma mère s'appelle Christine, ce qui veut dire « consacrée au Christ ». Au plus fort de sa crise d'apostasie, elle envisageait de demander à l'évêque de la débaptiser et de faire des démarches à l'état civil pour s'appeler Martine parce que cela signifie « vouée à Mars », le dieu de la guerre, c'est un nom qui ne se laisse pas faire. Mon frère lui a dit : « Maman, personne ne choisit de s'appeler Martine. » « Et tu es censée être une militante pacifiste », j'ai ajouté. Mon père n'a rien dit. Mon père s'en fichait, il l'a toujours appelée Babette sans que l'on sache pourquoi. Après s'être renseignée sur toutes les démarches et avoir averti la terre entière, elle a décidé qu'elle ne voulait rien devoir à un évêque et elle a continué à vivre avec son prénom comme elle l'avait toujours fait.

Nous sommes arrivés dans la maison vers 11 heures et ma mère nous a proposé un kir. Jonas n'est pas habitué à boire de l'alcool aussi tôt dans la journée. Autour de la table de ferme, ma mère lui posait des questions sur sa jeunesse à Paris, si différente de ce qu'avait été la mienne. Mon père a déposé entre nous une pile de poissons morts en train de décongeler. Trois brochets pêchés le mois précédent. Jonas a retenu un haut-le-cœur devant les yeux vitreux. C'est une chose que j'aime chez mon père, ce courage de tuer sa nourriture et de la faire pousser, de construire des objets. Sa vie ne tourne pas autour de ce qu'il aime ou de ses avis.

J'ai aidé ma mère à vider les poissons, Jonas était pâle. Elle lui a demandé de couper les oignons. Quand nous sommes chez ses parents, on ne fait jamais rien, je ne suis pas sûre que, petit, Jonas ait une fois rangé sa chambre.

Après le repas, nous avons marché dans les rues alentour. Adolescente, je m'y promenais en me demandant si quelque chose allait se produire. La seule variable dans le paysage était l'apparition d'une personne avec un chien ou le changement de couleur de certains volets, je rêvais de vivre à Nancy où, d'après le journal, il se passait toujours quelque chose. Les habitants de notre rue louaient le confort des rangements intégrés, la proximité d'une zone commerciale bien approvisionnée, le bout de jardin. C'était leur façon d'être en sécurité. Ma famille aimait le fait que ce ne soit pas cher et que mon père puisse aller pêcher à pied.

Depuis cette première visite, Jonas s'est acclimaté. Quand il vient, il fait le tour des plants de tomates avec des airs de connaisseur et dit des choses comme « ça a été le mildiou cette année ? ». On dirait Jean de Florette. Vers 18 heures, il boit une bière avec mon père sur la terrasse face au jardin, en silence. Ensuite, il aide ma mère à couper des légumes et il l'écoute parler de la chorale de chants communards qu'elle envisage de rejoindre. Un soir, il est allé jouer aux cartes avec les copains de mon père. En revenant à minuit, il m'a dit : « J'ai perdu cinquante balles et ma dignité. » Je n'ai pas eu plus de détails, si ce n'est la conclusion de mon père le lendemain matin : « Ce n'est pas un endroit pour les Parisiens. »

J'ai accepté d'emmener Ariel à ses séances de test chez Françoise, à condition de ne pas étendre une lessive pendant trois mois.

Je l'attends devant le portail de l'école maternelle et je le vois arriver en courant. Ses cheveux sont bouclés comme ceux de Jonas et il a la maladresse propre à ceux qui ont poussé un peu trop vite. Ses yeux sont vertsbleusougris, leur couleur change en fonction de son humeur ou des vêtements qu'il porte. Son manteau est ouvert et tombe sur ses épaules, il a l'air débraillé des enfants impatients. Il me saute dans les bras, je salue Marthe, la gardienne de l'école, Ariel lui envoie un baiser et je le prends par la main.

Dans l'escalier du métro, Ariel touche la rampe métallique au milliard de germes. Il s'adosse au carrelage mural et tripote le distributeur de boissons de la station, puis colle son front contre la vitre du wagon. J'ai beau lui demander de venir vers moi, il se colle aux murs, aux bords et aux limites qui le rassurent. En sortant de la station à côté de chez Françoise, nous cherchons un restaurant pour déjeuner rapidement. Nous avons le choix entre une brasserie steak haché-frites ou un de ces cafés qui servent des petits déjeuners toute la journée à des gens qui prennent leurs plats en photo. Je choisis la brasserie avec ses banquettes rouges, ses nappes à carreaux, son menu sur l'ardoise et, au comptoir, ses hommes qui lisent le journal avec un sandwich. Le serveur nous installe et pose de l'eau entre nous.

« Tu as vu les feuilles ? » me demande Ariel.

Je penche la tête et je vois des feuilles de menthe dans le fond de la carafe, ce qui est inattendu dans un établissement de ce genre.

« Tiens, je pensais que la menthe flotterait, je dis.

— Ce sont des feuilles coquillages, elles restent au fond de l'eau, comme les bigorneaux », dit Ariel.

Je lui en sers un verre, il goûte. Ses sourcils se froncent, il grimace : « Désolé, maman, mais j'aime pas. » Puis : « Maman, on ne dit rien et on laisse l'eau sur la table pour ne pas faire de peine au monsieur. Si on ne dit rien mais qu'on boit pas nos verres, il pensera qu'on n'a pas soif. » Il baisse la tête, ses yeux sont passés du bleu clair au gris foncé. Il attrape sa fourchette et fait de petits trous dans la serviette en papier devant lui.

« Qu'est-ce qui se passe, Ariel ?

— Rien.

— Si, tu t'énerves. Pourquoi tu t'énerves ?

— Parce que je ne veux pas mentir au serveur.

— On ne va pas lui mentir, on ne va pas lui parler de l'eau, c'est tout. Tu crois qu'on lui ment si on ne lui dit rien ?

— Oui, on pense quelque chose sans lui dire. Et s'il demande si l'eau est bonne, il faudra dire la vérité et lui faire de la peine. »

Comme souvent, Ariel me promène dans son univers

changeant, léger et frais comme un drap qui sèche au jardin ou dense et mélancolique comme un dimanche de janvier. Je commande une grenadine qu'il pourra boire sans dégoût et deux steaks hachés-frites. Nous nous dépêchons d'avaler nos plats et arrivons dans la salle d'attente de Françoise avec une minute d'avance.

« Il s'est passé quelque chose d'intéressant depuis notre dernier rendez-vous ? » demande Françoise.

Je pense aux gamins qui, hier quand ils ont vu Ariel dans la rue, ont crié : « oh, c'est Ariel, Ariel le méchant » et qui sont partis en courant. Je n'ai pas envie de lui en parler, elle en sait déjà assez et puis il est tellement plus que ça. Je pourrais aussi dire : « il n'aime pas la menthe dans l'eau, figurez-vous » ou : « il a une empathie pour le serveur que je lui envie ».

« Rien de plus que ce qu'on s'est dit la dernière fois », je réponds.

Ariel, qui va être seul avec elle pour la première fois, me demande si je peux rester derrière la porte.

« Dans la salle d'attente, c'est bon ? »

Il acquiesce. Je le prends dans mes bras, je le porte et lui murmure : « je t'aime » à l'oreille.

« Oui, je sais, tu me le dis tout le temps. »

Pauvre de lui.

C'est la première des trois séances.

Le grand-père de Jonas venait de fêter ses quatre-vingt-seize ans quand je l'ai rencontré. Mince, des paupières tombantes qui lui faisaient les yeux mi-clos, il ressemblait à Yoda. Il vivait dans un immeuble du boulevard Richard-Lenoir depuis sa construction dans les années soixante. L'appartement était au septième étage, avec une vue dégagée sur les toits. Il était petit et surchargé d'objets, lesquels, me disait Jonas, avaient nourri son imaginaire d'enfant. La pièce de vie s'organisait autour d'une table de salle à manger entourée de cinq chaises et d'un buffet avec une télévision.

Nous sommes entrés avec la clé de Jonas, son grand-père nous attendait sur sa chaise en lisant le programme télé.

« Jonas, c'est toi ?

— Oui ! J'amène la *shikse* !

— Ah non hein ! Tu parles pas comme ça sous mon toit », a répondu le grand-père.

Il m'a tendu la main pour que je la lui serre. Du grand-père de Jonas, on percevait surtout la voix et le regard. Il ne pouvait pas marcher, je ne l'ai connu qu'assis et pourtant il avait toujours l'air pressé. Cela s'expliquait par sa tonalité, autoritaire et précipitée, comme une paire de mains qui vous pousserait à avancer plus vite, pour ne pas risquer de rater le train ou l'heure du repas. Quand il écoutait Jonas, ses sourcils se fronçaient puis se haussaient dans un mouvement surpris et joyeux. Il semblait étonné et ravi de ce qui sortait de la bouche de ce petit-fils qui le choquait pour le faire rire et qu'il grondait par jeu.

Je me suis assise à côté de lui et il a dit : « Nathalie est partie acheter des gâteaux. Elle va à la boutique jaune, rue des Rosiers, la boutique bleue, depuis que les enfants ont repris, ça vaut plus rien ! » Je n'avais jamais rencontré Nathalie, la tante de Jonas, mais j'avais vu des photos d'elle et je pouvais l'imaginer dans ces deux boutiques, très proches, avec leurs devantures pleines de pains et de gâteaux. Jonas achète des bagels et des gâteaux au fromage dans la bleue. Le prix moyen au kilo donne le vertige.

Jonas a rapporté de la cuisine un plateau sur lequel se trouvaient une bouilloire, des tasses ébréchées et un gros pot de café instantané. Il a servi tout le monde, puis son grand-père m'a demandé quel était mon métier. Je lui ai répondu que je m'occupais de récolter des fonds pour une association, il s'est tourné vers Jonas : « C'est un métier de *shnorer* ça.

— Disons qu'elle permet aux riches de faire une *mitsva*[1]. C'est la *tsedaka*[2]. »

Il a froncé le nez.

1. Bonne action.
2. La partie des revenus d'un foyer qui doit être dévolue à la charité.

« Bon, bon, mais tu vas faire quoi après ? Tu peux monter les échelons là-dedans ?

— J'ai commencé il n'y a pas très longtemps.

— À mon époque, tout le monde voulait avoir son affaire, personne voulait travailler pour personne. Aujourd'hui vous faites toutes ces études pour travailler pour des gens plus bêtes que vous ! Il n'y a qu'à voir pour qui travaille Jonas !

— Pépé, on en a déjà parlé, c'est des anciens présidents de la République, tu as voté pour au moins un d'entre eux ! »

J'avais très envie de rire, mais je ne savais pas s'il était sérieux ou non, alors j'ai demandé : « Vous aviez votre propre affaire ?

— Ma femme et moi, on avait un magasin, Jonas vous l'a pas dit ? Un magasin de farces et attrapes. Je gérais les commandes et la caisse, et ma femme s'occupait du reste. Jonas vous a parlé de sa grand-mère ? Vous voulez la voir ? »

Il s'est retourné pour prendre un cadre derrière lui, une photographie en noir et blanc d'une femme d'une trentaine d'années, dans une robe que je devinais bleue, les cheveux ondulés. Elle portait un petit garçon dans les bras et brillait comme une éclaircie. Il guettait ma réaction. Il cherchait à la faire exister dans mes yeux. C'est ce que font les gens avec leurs morts, ils en disent quelques mots – les plus beaux – pour qu'en un instant on comprenne quels êtres merveilleux ils étaient et l'océan qu'est leur perte. J'ai essayé d'être à la hauteur. J'ai dit qu'elle avait l'air douce, intelligente et pleine d'amour. Ça lui a suffi.

« Elle adorait Jonas, même quand il déguisait le chat, elle lui pardonnait tout.

— J'ai hâte que vous me racontiez ça, j'ai répondu.

— Dis-moi, il paraît que Serge t'a fait des misères ?

— Des misères, non. Il m'a exprimé des inquiétudes plutôt. »

Il a soufflé et levé les yeux au ciel.

« Je comprends pas pourquoi ma fille a épousé un *frim*[1]. Sa mère, elle a survécu parce qu'elle a été baptisée, il vous l'a dit Jonas non ? Quand on voit ce que ça a rapporté aux autres de continuer à prier... »

On a entendu la porte s'ouvrir, c'était la tante de Jonas avec ses gâteaux.

« Nathalie, viens voir, Jonas est venu accompagné ! a lancé le grand-père de Jonas.

— C'est Lucie ? Merveilleux, depuis le temps qu'on entend parler de toi ! J'ai rapporté des gâteaux au pavot, tu connais, non ? »

Elle a ouvert une boîte en carton pleine de gâteaux fourrés d'une sorte de pâte noire qui ressemble à du chocolat. Elle m'en a proposé un et je l'ai mis dans ma bouche. « Alors, c'est autre chose que ceux de la boutique bleue, non ? » a demandé le grand-père, et j'ai hoché la tête sans avaler. C'était terrible. Amer et acide à la fois. Comme si le gâteau me voulait du mal. Mon organisme a réagi violemment et j'ai été prise de nausée. J'ai bloqué ma respiration et suis parvenue à déglutir tout en passant le reste du gâteau à Jonas sous la table. Cela m'a fait le même effet, plus tard, quand il m'a fait goûter des pieds de veau en gelée.

« Je t'ai mis la monnaie dans l'entrée, a dit la tante de Jonas.

1. Religieux.

— Le compte est juste ?

— Juste juste. »

Et ils ont tous ri.

Jonas m'a expliqué : « C'est une vieille blague juive. C'est un vieil Ashkénaze qui va chez le boucher. Il demande un filet de poulet. Le boucher lui dit : "Ça fera 3,50 euros." Le vieux lui donne un billet de 10 euros. Le boucher lui rend la monnaie. Là, le vieux se met à compter et recompter, sans quitter le comptoir. Il y a du monde derrière qui s'impatiente, alors le boucher demande : "Le compte est juste ou pas ?", et le vieux lui répond : "Y a le compte mais... juste juste." »

Comme je me suis forcée à rire, la tante m'a dit : « Et tu connais celle du perroquet ? » Voici celle du perroquet. C'est un homme qui entre dans une animalerie. Il veut acheter un perroquet. Il en voit un avec des plumes en moins, l'air déprimé, il se dit qu'il ne doit pas être cher. Il demande son prix au patron : « C'est 10 000 euros.
— Quoi ? Mais pourquoi il est si cher ? demande le client.
— Parce qu'il connaît le Bereshit par cœur. » Le Bereshit, c'est une partie de la Torah. Alors l'homme en repère un autre, il a l'air encore plus vieux et plus mal en point, il demande son prix au marchand, qui lui répond : « Il vaut 20 000 euros mais il peut réciter le Bereshit et le Shemot. » Le Shemot, c'est une autre partie de la Torah. L'homme en repère un troisième, vraiment miteux, aux trois quarts déplumé et avec le bec de travers. Le vendeur le prend de court et annonce : « Celui-là, il vaut 50 000 euros. » L'homme demande : « Mais enfin, qu'est-ce qu'il fait pour 50 000 euros ? » Et le vendeur répond : « Je ne sais pas, mais les deux autres l'appellent Rabbi. »

J'ai ri de bon cœur, puis nous avons parlé encore un

moment et nous sommes partis. J'ai accompagné Jonas boulevard Richard-Lenoir pendant des années ensuite. De son grand-père, il disait : « Il a toujours été ma grande personne préférée. » Jonas était la mienne.

En 2014, bien avant la naissance d'Ariel, Jonas et moi vivions dans un petit appartement biscornu du Marais, le premier que nous partagions. La salle de bains était collée à la cuisine qui était ouverte sur le salon. Pour rejoindre la chambre, on passait par un couloir avec une jolie lucarne. Le tout était situé au dernier étage de l'immeuble. Par la fenêtre, on voyait les toits en zinc, on entendait même les mouettes qui allaient vers la Seine.

C'était un samedi de mai et Jonas et moi étions sortis tard la veille. Il était 15 heures et nous nous étions contentés de petit-déjeuner. J'avais fait des œufs, on avait lu, on s'était rendormis un moment puis il était l'heure de se préparer pour voir *La nuit du chasseur* à la Cinémathèque avec des copains. J'étais dans la salle de bains, je songeais qu'après le film on irait tous boire un verre et qu'on se coucherait tôt. Jonas, dans le salon, regardait un film d'action quelconque où un acteur agitait un gros flingue.

Le son de la télé s'est arrêté et je suis allée dans le salon pour voir ce qui se passait. J'ai trouvé Jonas les sourcils froncés sur son téléphone. Je n'ai pas eu le temps de l'interroger, il a répondu à un appel : « Oui, j'ai vu. Je ne sais pas combien de personnes. Un jour de shabbat, dans un musée, ça n'a aucun sens, je ne comprends pas qui il visait. » Il a raccroché et s'est pris la tête dans les mains. Puis il s'est redressé et il a dit : « Il y a eu un attentat au Musée juif de Bruxelles. »

J'ai pensé pêle-mêle : il y a toujours des attentats partout, Bruxelles c'est pas Paris, pourquoi ça le met dans cet état? Je me suis assise à côté de lui et il a bredouillé : « attends, attends, faut que je regarde » en me repoussant et en allumant une chaîne d'information en continu et un réseau social d'actualité. Je ne savais pas s'il jugerait déloyal que j'aille m'habiller, mais comme il était très concentré, je suis partie me sécher les cheveux et me préparer. De retour dans le salon, je le voyais alterner entre les deux écrans sans s'arrêter.

« Tu viens avec nous du coup? j'ai demandé. J'ai ta place. »

Il a posé son téléphone d'un geste sec, l'air excédé.

« Tu plaisantes?

— Tu préfères rester ici?

— Mais enfin? Le mec a buté cinq personnes au Musée juif, Lucie, là il est en cavale et tu crois que je vais sortir avec tes copains voir un film?

— Est-ce que moi je peux sortir? »

Il a soufflé et s'est tourné à nouveau vers la télévision.

« Fais ce que tu veux, je n'attends pas de toi que tu comprennes, de toute façon.

— Jonas, je peux rester, j'ai dit en me rasseyant à côté de lui.

— Je préfère être seul. Je vais peut-être aller chez mes parents. »

Et il s'est replongé dans son téléphone. Je pensais aux

gens qui nous attendaient et j'ai enfilé mon manteau. Dans le métro, j'ai regardé ce qui s'était passé et ce qu'on savait des gens qui étaient morts. Puis, une fois arrivée à Bercy, je n'y ai plus pensé jusqu'à ce que quelqu'un me demande : « Jonas n'est pas avec toi ? » Je n'ai pas eu envie d'expliquer ce qui était arrivé de peur qu'on me réponde : « Mais quel rapport avec Jonas ? », puis un de mes copains a ajouté : « Tu as vu ce qui s'est passé à Bruxelles, comment se sent Jonas ? », et c'est à ce moment-là que, de manière évidente, j'ai réalisé que je n'y comprenais rien. Pire, que visiblement d'autres non-juifs comprenaient mieux que moi.

Il m'a fallu du temps pour saisir que lorsqu'on attaquait un lieu lié au judaïsme, on attaquait Jonas. Même si c'était loin, même si ce n'était pas nous.

Plus tard, il y a eu l'Hyper Cacher et là encore Jonas préférait en parler avec les siens. Il connaissait le nom des otages, qui avait fait quoi et qui était mort où. Je l'ai accompagné pour poser une bougie au mémorial de fortune le lendemain de l'attaque. Et puis il y a eu le 7-Octobre, les images en boucle sur le téléphone de Jonas, les pleurs en pensant aux otages et la sidération des semaines suivantes. Lors d'une marche contre l'antisémitisme, aux côtés de Jonas, d'Ariel et de milliers d'inconnus, je me suis mise à penser à la phrase de Raymond Barre après l'attentat de la rue Copernic. Cet attentat qu'il disait viser les Israélites qui se rendaient à la synagogue et qui avait finalement frappé des Français innocents qui traversaient la rue. Quand j'étais plus jeune, je portais un T-shirt « j'ai dépucelé Raymond Barre » que je trouvais follement provocateur, l'imaginant comme un de ces sénateurs qui somnolent en digérant leur déjeuner, indifférente à ce qu'il avait pu dire ou être. Même si j'avais su qu'il avait prononcé ces mots, je n'aurais pas renoncé à le voir comme un gros bonhomme endormi. Je n'aurais pas compris ce que cette phrase disait de lui et du monde. Je pensais comme une Française innocente.

Mon école primaire s'appelait l'école Maurice-Barrès, celui qui a dit que « Dreyfus est capable de trahir, je le conclus de sa race ». Elle s'appelle toujours comme ça. J'ai grandi sans savoir.

C'est en passant devant l'Assemblée nationale au milieu des manifestants, sous les banderoles et dans le silence de la marche, que j'ai pris conscience qu'avant d'avoir peur que mon fils et mon mari n'en meurent, je ne comprenais pas ce qu'était l'antisémitisme et par quel amas de petites pierres il se construit.

L'appartement que nous occupons aujourd'hui donne sur un joli jardin. Nous y avons emménagé après la naissance d'Ariel. Nous avons quitté le Marais, près de la famille de Jonas, pour nous installer de l'autre côté de la Seine, vers le Jardin des Plantes. Il y a des livres dans chaque pièce, sauf dans la salle de bains. Au mur, des couvertures du *New Yorker*, une affiche d'un film de Claude Sautet et des dessins de Sempé. Si l'on cherche bien, on trouve une mézouzah à côté de la porte d'entrée (garnie d'un rouleau de la Torah et du verre cassé lors de notre mariage), deux types de menora (un classique en argent et une « fantaisie » avec des animaux pour Ariel) et un tableau de Raya Sorkine acheté à Drouot qui s'appelle *Mariés au violon*.

Il y a des canapés confortables et un chat, bien que je n'aime pas tellement les animaux domestiques. Le parquet est ancien, le salon est éclairé avec des lampes de table et le chauffage est à 19 °C. La télévision dans le salon est le fruit d'un compromis conjugal. Dans l'enceinte, le troisième album du Velvet Underground, celui où Maureen Tucker chante « After Hours » et Lou Reed « Pale Blue Eyes ».

Allongés sur le ventre sur le tapis du salon, Ariel et moi lisons un livre d'énigmes. Il est meilleur que moi mais ne me le fait pas remarquer. Il se contente de dire : « Maman je suis désolé mais tu es beaucoup moins forte que papa. » Jonas est au téléphone avec ses parents pour parler du prochain Kippour, dans huit mois. Ils veulent lui rappeler la date, s'assurer que l'on sera bien à Paris et qu'on l'a bien notée sur l'agenda.

Kippour est le jour de l'année où nous allons tous à la synagogue, c'est le jour du Grand Pardon, le jour le plus saint pour la famille de Jonas. Lui jeûne pendant vingt-cinq heures mais, contrairement à la tradition, il travaille. Il devrait normalement passer la journée à la synagogue à prier, demander pardon pour ses fautes et celles de sa communauté et, en retour, accepter le pardon des autres. Au lieu de ça, il va au bureau et réfléchit au bien commun avec le ventre qui gargouille. Il ne rejoint son père qu'à la fin de la journée dans la synagogue que sa famille appelle la *shul*. Je l'accompagne depuis un moment déjà. Quand j'essaie d'y échapper, il répond : « C'est comme si je ne venais pas à Noël chez toi parce que ce n'est pas ma culture. »

La synagogue est une petite maison cachée dans une impasse. Le père de Serge la fréquentait avec d'autres rescapés après la guerre, elle servait de petit morceau de shtetl pour tous ceux qui revenaient des camps et avaient perdu leurs familles. Et maintenant, ce sont les fils des survivants qui la maintiennent en vie.

Dans l'impasse, nous saluons toujours les militaires armés qui protègent la porte. Jonas leur dit « merci d'être là » et pose une kippa sur sa tête une fois à l'intérieur. Dans le hall de la synagogue, sur des tables, se trouvent de la nourriture et des boissons pour rompre le jeûne à la fin de l'office – Jonas appelle cela la « salle des gâteaux ». Il faut ensuite ouvrir une porte pour trouver la pièce principale, le sanctuaire, qui est séparé en deux par un rideau (toujours ouvert) : l'avant de la pièce est réservé aux hommes et contient les objets sacrés, l'armoire avec les rouleaux de la Torah et une grande table placée sur une estrade où les hommes peuvent lire. Les femmes sont à l'arrière et peuvent suivre par l'ouverture du rideau.

Comme tout l'office est en hébreu, personne ne comprend ce qui s'y passe. « C'est pas grave, l'important c'est l'ambiance », résume la tante de Jonas. Assise avec moi à l'arrière, elle passe son temps à demander : « on en est où ? » à ses voisines.

Les religieux qui parlent hébreu sont très sérieux, les autres sont dans leurs pensées, certains discutent entre eux, les gosses jouent dans la salle des gâteaux. Cela dure jusqu'à ce que le rabbin souffle dans le shofar, marquant la fin du jeûne et de ce jour de Grand Pardon.

Lors du dernier Kippour, j'ai failli ne pas amener Ariel, j'étais terrifiée à l'idée qu'il attaque les autres enfants, dans un lieu sacré, sous les yeux de Serge. Jonas a insisté et j'ai passé une heure la trouille au ventre. J'ai regardé Jonas et Ariel traverser la pièce des femmes, puis ils ont passé le rideau symbolique et se sont retrouvés chez les hommes. Ils ont rejoint Serge qui a enlacé son fils et a suivi leur rituel habituel. Il l'a regardé comme l'enfant prodigue, lui a collé un châle de prière sur les épaules, et lui a posé la main sur la joue. Ensuite, il a fait la même chose avec son petit-fils. De temps à autre, Ariel me rejoignait à l'arrière et je l'emmenais au calme, dans la salle des gâteaux, où nous lisions un livre que j'avais apporté.

Les autres enfants étaient avec leurs pères et leurs mères, tous se tenaient sagement, il n'y a pas eu d'incident.

En regardant Ariel aux côtés de son grand-père, j'ai pensé : Ici, il n'est pas juif, il n'a pas plus sa place que moi sur le banc. Nous étions chez les traditionnels où le judaïsme se transmet par matrilinéarité (c'est-à-dire par la mère). Pour eux, j'ai stérilisé le judaïsme de Jonas. Je ne sais pas si Jonas y pensait aussi. Je n'ai jamais osé le lui demander.

J'ai participé à mon premier Kippour quelques jours après nos fiançailles. J'étais venue au repas du premier soir, celui qui précède le jeûne. Serge lisait les prières en hébreu, c'était très long. Le grand-père de Jonas l'a interrompu – « tu vas pas tout lire, sinon on finit à Pessah[1] ! ». Serge était exaspéré. Michelle souriait. La tante empilait les assiettes. Jonas me tenait la main. Pendant la lecture, le grand-père a demandé de l'aide pour qu'on l'accompagne aux toilettes, la tante l'a mis dans son fauteuil roulant sous l'œil agacé du père de Jonas. Il prenait un temps infini en soufflant et en râlant pour emmerder son gendre. Quand les prières se sont terminées, Michelle m'a offert un gros livre sur le judaïsme pour les débutants, puis elle m'a recommandé de regarder le passage sur Kippour.

J'ai découvert ce jour-là l'histoire de Jonas qui se passe à Ninive, capitale de l'Empire assyrien. Les Assyriens étaient des guerriers sanguinaires, réputés pour torturer leurs prisonniers. Un jour, Dieu dit à Jonas d'aller voir les habitants de Ninive pour les prévenir que toute la ville va être détruite à cause de leur mauvaise conduite. Jonas se met en route, mais au lieu d'aller à Ninive, il

1. Pâque juive (souvent en avril). Kippour a, en général, lieu entre septembre et octobre.

trouve un port, et monte dans un bateau pour filer le plus loin possible. Il ne veut pas que les habitants de Ninive puissent se repentir et éviter la punition. Dieu, voyant que Jonas s'est enfui, déclenche une tempête qui menace le bateau et l'équipage qui l'ont accueilli. Pour les sauver, Jonas quitte le bateau et saute à l'eau. La tempête s'arrête instantanément. Dans sa chute, il se fait gober par un énorme poisson et se retrouve dans son ventre. Au bout de trois jours à réfléchir, il appelle Dieu pour lui dire qu'il est prêt à accomplir sa mission. Dieu l'entend, le poisson le recrache sur une rive et il arrive à Ninive pour passer son message. Il traverse la ville en criant : « Encore quarante jours et Ninive sera détruite. » Les habitants comprennent qu'ils se sont mal comportés, veulent demander pardon et se mettent à jeûner et à prier à la demande du roi des Assyriens. Dieu les épargne.

J'ai demandé à ma belle-mère si c'était pour cela qu'ils avaient choisi ce prénom.

« Ils voulaient que je puisse tenir trois jours dans un poisson sans blêmir, a réagi Jonas.

— On a choisi ce prénom parce qu'il est né la veille de Kippour. Et parce que Jonas était prêt à se jeter à l'eau plutôt que de sacrifier les gens qui l'avaient recueilli, a répondu son père.

— Jonas est aussi le porteur d'un message de paix et de pardon, même malgré lui, a ajouté sa mère.

— Il y a des recettes de cuisine dans le livre ? Ils ont pas mis que des machins pour les Séfarades ? » a demandé le grand-père.

Je n'étais pas venue à la synagogue le lendemain, cela m'intimidait trop. J'avais attendu que l'on soit mariés.

C'est aussi un soir de Kippour que nous avons annoncé

ma grossesse à la famille de Jonas. Nous avions entendu le cœur du bébé battre lors de l'échographie quelques jours plus tôt. J'étais assise dans le fond de la synagogue. Je regardais l'homme que j'avais épousé depuis peu, à côté de son père, son talit[1] sur les épaules. Je ne savais pas encore si nous aurions une fille qui s'assiérait à côté de moi ou un garçon qui irait entre son père et son grand-père. Je pensais que le bébé incarnerait l'harmonie et le calme. Ses petits pas, sa voix, ses gestes hésitants réconcilieraient nos deux mondes. Il serait la preuve que Jonas et moi avions raison de nous aimer. Un pont avec le visage plein de confiture et les doigts qui collent.

Quand, pendant le dîner, nous avons annoncé la nouvelle, la mère de Jonas a pleuré et m'a prise dans ses bras. La tante et le grand-père de Jonas ont applaudi et mon beau-père a regardé Jonas sans réagir. L'enfant de son fils flottait dans un utérus de *shikse*. Il était dans mes limbes. Serge attendait qu'il en sorte et qu'on le ramène sur la rive, en sécurité dans le bon monde : juif et circoncis. Il ne me regardait pas. Jonas s'est approché de son père pour le rassurer : « T'en fais pas, on lui achètera une kippa taille bébé », et Serge lui a mis les deux mains sur les joues, avec ce mouvement enveloppant et sûr qu'il réserve à son fils.

Le grand-père m'a attrapé le bras et m'a dit : « Sa naissance va être une vraie fête. » La tante de Jonas a ajouté : « On le fera parader sur tout le boulevard Richard-Lenoir. » Puis le grand-père m'a demandé : « Qu'est-ce qu'il faut te souhaiter? » Si j'avais su ce qui se passerait ensuite, j'aurais répondu : que mon bébé soit heureux, qu'il ne pleuve pas sur la parade.

1. Châle de prière.

En général, c'est moi qui vais chercher Ariel à l'école le soir, Jonas l'y dépose le matin. L'école se trouve en bas d'une rue en pente réservée aux piétons. Sur le mur d'un des immeubles est peint un arbre gigantesque aux feuilles bleues. Tout en haut des branches, de dos, deux filles aux cheveux assortis au feuillage échangent des secrets. Sur les racines, adossé au tronc, un petit garçon solitaire tient une orange. Ariel m'a dit une fois : « J'aimerais bien qu'un matin on se réveille et que le garçon mange son orange au lieu de la regarder. » Moi, cette peinture me déprime, j'attends que quelqu'un peigne par-dessus.

En entrant dans l'école, je discute un peu avec Marthe, la gardienne, et je me dirige vers la cour de récréation. Dans le couloir, des dessins d'enfants, des affiches de prévention contre le Covid-19 que personne n'ose retirer et une horloge qui indique 17 h 45. Comme tous les soirs, j'ai peur de ce qu'on va me révéler ou de ce qu'Ariel est en train de faire dans la cour. Parfois, il tourne en rond seul. Parfois, il parle sagement avec un enfant. Parfois il ramasse tout ce qu'il trouve, se réfugie en haut du toboggan et bombarde ceux qui passent à sa portée.

Ariel est facile à repérer. Il est plus grand que les autres et il est l'un des seuls garçons qui n'a pas les cheveux ras. À mon sens, cela ajoute à la peur qu'il suscite. Ce machin trop grand avec sa tignasse, qui parle comme un livre et poursuit tout le monde en grognant.

Je marche vers lui, quand un garçon m'arrête. Je le reconnais, il est dans sa classe.

« Tu es la maman d'Ariel ?

— Oui.

— Ariel il fait que des bêtises.

— Ah oui ?

— Oui, il a tapé Noé avec un bâton et il a arraché le doudou de Meriem pour le lancer dans une flaque de boue. »

Je cherche Ariel des yeux pour me sortir de là. Je ne sais pas quoi répondre à ce gosse et je voudrais qu'il disparaisse, que quelqu'un le balaie dans le caniveau. Je fais un pas de côté en grommelant quelque chose comme « très bien, merci », quand il ajoute : « Tu sais, il est vraiment méchant. »

Ariel se précipite vers moi, il me saute au cou. Je lui sens les cheveux et l'embrasse sur la joue. Il pose sa tête sur mon épaule et nous traversons le couloir comme ça, lui dans mes bras et le reste du monde loin derrière. Direction le refuge de la maison.

J'entends mon nom ou plutôt le nom de famille de Jonas avec « Madame » devant. Je tourne la tête et croise le regard de la directrice. Ariel me souffle à l'oreille : « Avance, maman, avance. » J'adorerais le faire. Partir en courant, ne rien écouter ; mais je m'arrête. C'est ce que sont censés faire les adultes.

Elle me dit qu'Ariel s'est battu, a balancé un doudou

dans une flaque, attaqué une gamine, mais qu'il a répondu à toutes les questions de la maîtresse sur l'Égypte. Je dis d'accord, je dis merci, je ne sais pas quoi dire d'autre, et nous sortons. Je pose Ariel par terre et il prend ma main. Il marche en touchant du bout des doigts le crépi des immeubles.

« Ça va, chéri ? je lui demande.

— Maman, tu savais que les flageolets sont délicieux ?

— Oui, j'aime bien aussi, sauf quand il y a trop d'eau, dans ce cas c'est un peu visqueux bizarre, je dis.

— Visqueux dégueu ! » ajoute Ariel en tripotant la butée métallique d'un volet.

Du bout du pied, il touche une cannette sur le sol, sans la faire bouger. Je la ramasse pour la jeter dans la poubelle à côté.

« De quoi tu discutais avec Teddy ? demande Ariel.

— Le garçon de tout à l'heure ? Il s'appelle Teddy ?

— Oui, pourquoi il te parlait ?

— Il me parlait d'une histoire de ballon, il voulait me dire qu'il était très fort. C'est un copain à toi ?

— Il est dans ma classe. Il veut aussi être copain avec Léa. »

Il s'arrête, me lâche la main et se penche sous le rebord d'une fenêtre pour regarder si des escargots s'y cachent ou s'il y a des toiles d'araignées. Il lève la tête et constate : « L'araignée a attrapé un moucheron mais ne l'a pas mangé, c'est du gâchis. » J'essaie de rester concentrée.

« Léa, c'est celle à qui tu as fait un dessin ?

— Oui, mais elle ne veut pas jouer avec moi. Elle dit qu'elle joue qu'avec les filles et que j'ai qu'à être une fille.

— C'est son doudou que tu as jeté ?

— Non, c'est celui de Meriem en petite section.

— Pourquoi tu l'as jeté ?
— Parce qu'elle faisait que m'embêter.
— Elle faisait quoi ?
— Elle jouait avec des filles et ça m'embêtait. »
Il s'immobilise devant la vitrine de la boulangerie et regarde le comptoir à bonbons. Les fils qui piquent, les oursons multicolores, les mini-bouteilles de Coca, les sucettes qui colorent la langue. Il colle ses mains sur la vitre. « Arrête de toucher ça, ça va laisser des traces de doigts. Qu'est-ce qui t'embêtait ? » je lui demande en l'écartant de la vitre. Il me repousse de l'épaule et se plante devant les bonbons en arquant les jambes. « Ariel ? Qu'est-ce qui t'embêtait ? » Il essaie d'enlever de la vitre le scotch d'une affiche pour une pièce de théâtre dans le quartier. « Oh ? Ariel ? » Il tourne la tête vers moi, ses yeux sont gris foncé.

« Elles le faisaient exprès pour me faire de la peine pour dire que, elles, elles étaient des filles et pas moi.
— C'est pour ça que tu lui as piqué son doudou ? »
Il reprend ma main.
« Oui. Tu sais, c'est pas ma faute.
— Je sais. Et toi, tu sais qu'elles ne le faisaient pas pour t'embêter ? »
Un silence.
« C'est plus facile pour les autres et ils se moquent de moi.
— Je sais, mais tu ne peux pas réagir comme ça, Ariel, on en parlera avec papa ce soir. »
Nous sommes en bas de notre immeuble. Je le laisse composer le code et nous entrons chez nous. Il enlève son manteau, l'accroche à la patère, puis retire ses chaussures et les dépose à leur place. Il fonce vers ses

Lego et reprend la construction qui l'attendait. C'est une cabane dans les arbres, avec des passages secrets et des pièges aux mécanismes complexes, une forteresse miniature.

J'étais enceinte et presque à terme quand j'ai assisté à Yom HaShoah pour la première fois. J'étais arrivée vers 16 heures, j'avais passé le portique de sécurité du Mémorial de la Shoah, vidé mes poches, montré mon sac et je m'étais installée sur une chaise en plastique dans la cour où se passait la cérémonie. Sur la petite scène, derrière un pupitre, un homme un peu plus âgé que moi lisait les noms des hommes et des femmes déportés du convoi 76. C'est le principe de Yom HaShoah, journée du souvenir lors de laquelle on se succède jour et nuit pour lire des noms d'enfants et d'adultes assassinés par les nazis, sans s'arrêter.

Après le nom de Jacqueline Weil, un homme de l'âge de mon beau-père s'est levé et a dit : « C'était ma mère. » Ils étaient plusieurs comme ça, à se lever pour leur tante ou leur arrière-grand-mère, comme si tout à coup on faisait revivre l'aïeule qui se trouve sur la photo. Celle avec laquelle on a grandi mais que l'on n'a jamais connue.

Ariel poussait sur ma vessie, il était bien trop grand pour mon corps, la date d'accouchement était proche. J'avais besoin d'aller aux toilettes mais j'étais gênée de me lever, j'avais peur de racler ma chaise et qu'elle fasse un bruit strident au moment où le nom du parent de quelqu'un serait prononcé. Sur le mur à côté de moi, il était écrit que 76 000 juifs français avaient été déportés. Yom HaShoah dure vingt-quatre heures. À raison d'un nom toutes les dix secondes, six noms par minute, cela fait à peu près huit mille noms sur la journée. Plus tard, Jonas m'a dit : « Bien sûr que non, la journée ne suffit pas, je crois qu'il faut dix ans pour que tout le monde soit nommé. »

Cette année-là, Yom HaShoah tombait en avril pendant la semaine où le grand-père de Jonas mourait.

Quelques jours plus tôt, nous avions eu une conversation claire sur la circoncision, Jonas et moi. Ce sujet apparaissait en filigrane dans nos conversations depuis que nous avions appris que nous attendions un garçon, sans que nous l'abordions jamais frontalement. Nous étions sur une pelouse de la place des Vosges. Je regardais le vent faire dévier l'eau des fontaines. Des enfants se tenaient à côté des bassins et attendaient de se faire arroser, en hurlant de surprise et de joie quand ça arrivait.

« Ce n'est pas tellement que je veuille que le bébé soit circoncis, c'est que je n'arrive pas à imaginer qu'il ne le soit pas, a dit Jonas.

— Mais ça se passerait comment ?

— Un mohel viendrait et il enlèverait le prépuce avec un scalpel.

— Mais il viendrait où ?

— Chez nous.

— Jonas, je ne suis pas sûre...

— Moi non plus. Je n'ai pas envie de le faire, mais ce serait pire de ne pas le faire.

— Tu culpabiliserais ?

— Bien sûr.

— À cause de ton père ?

— Un peu, mais surtout à cause de mes grands-parents et des six millions... Je sais pas, j'aurais l'impression qu'ils sont morts pour rien ou de les trahir.

— Mais tu veux que notre fils soit juif? je lui ai demandé. Qu'il ait un nom juif? Ou c'est juste une histoire de prépuce ?

— De toute façon, si on le circoncit, on va nous demander son nom juif.

— Son quoi ?

— Son nom hébraïque. Tous les juifs en ont un.

— Tu en as un toi ?

— Oui.

— Mais pourquoi je ne le connais pas ?

— Parce qu'on ne le dit pas.

— Non mais pour de vrai ?

— C'est vrai. Le mien c'est Yaacov, c'est le nom d'un des frères de mon grand-père.

— Un de ceux qui sont morts à Auschwitz ?

— Oui.

— Donc en plus de la circoncision, il faut que notre fils ait un nom juif secret ?

— Oui.

— Jonas, si on le circoncit, il va être juif, c'est pas juste une histoire de pénis.

— Ça se discute. Pour la plupart des juifs, il sera goy.

— D'après les libéraux, il sera juif.

— Tu crois qu'ils étaient libéraux les six millions ?

— Tu commences à me fatiguer avec les six millions.

— Je vais répéter cette phrase exacte à mon père, attends, je l'appelle.

— Sans rire, tu culpabilises qu'il naisse non juif?

— Évidemment.

— Et de m'avoir épousée ?

— Oui, mais là encore ça aurait été pire de ne pas le faire. »

Et puis, on s'était arrêtés là.

Cette décision, pour moi, n'avait rien d'évident. C'est une chose de faire cohabiter deux cultures, c'est différent d'en éliminer une. Tous les enfants de ma famille sont catholiques et baptisés. Dans les maisons, il y a des crucifix dans les chambres des parents, des Vierges ramenées de Lourdes par un pèlerin quelconque et des photographies d'enfants en robe de communion. La famille de ma mère est française depuis moins d'un siècle. Ils ont fui l'Italie de Mussolini, la misère et la police politique. Les parents de ma mère et leurs futurs voisins sont arrivés par flots à Longwy pour creuser et extraire le fer utilisé dans les aciéries d'à côté. Tous les hommes descendaient dans les mines, plusieurs oncles de ma mère y sont morts. Il y avait une façon de faire les choses, de vivre et de mourir, et elle impliquait Jésus et l'église. Le monde des mineurs italiens, comme celui des shtetls, a disparu.

Ma mère nous a baptisés, mon frère et moi. Si depuis elle s'est détachée de tout cela, elle me l'a transmis. C'est aussi l'histoire de mon fils. Il n'est pas que l'enfant des rescapés du Yiddishland, il est aussi celui de la classe ouvrière, des régions que personne ne connaît et des travailleurs qui crèvent en toussant. Pas seulement de ces génocides qui sont dans les livres d'histoire et qui conduisent à créer des pays. Il est aussi le fils d'un monde mort en silence. Si je choisis le judaïsme, je dis à ma famille que, même pour ceux qui les ont connus, leur histoire ne compte pas, qu'elle peut disparaître.

J'ai demandé à Jonas que nous rencontrions un rabbin qui reconnaît les familles comme les nôtres. Je voulais savoir comment faire tout tenir ensemble. Nos enfants à venir comme une glu entre nos mondes, perchés sur nos deux histoires, chacune d'elles servant de pilier. Éviter que l'une soit bien ancrée au sol et l'autre sous terre ou aux quatre vents. Quelques jours avant Yom HaShoah, nous sommes allés dans une synagogue libérale du nord de Paris. Elle se trouvait dans un bâtiment moderne et exclusivement voué au culte. Nous avons été accueillis par la secrétaire de la rabbine avec qui nous avions pris rendez-vous et qui nous a fait visiter les lieux. Les espaces étaient lumineux avec des meubles choisis, qui ne donnaient pas l'impression d'avoir été récupérés dans de vieux appartements. Il y avait des salles pour l'étude et les cours, pleines de dessins d'enfants. Sur un tableau, la liste des activités à venir pour les petits, le programme des séminaires, les horaires des cours d'hébreu et l'annonce de la création d'un club de randonnée. L'ensemble tranchait avec l'austérité de la *shul* que Jonas fréquentait. Il m'a dit : « OK, c'est ambiance judaïsme et badminton. »

Les offices étaient en français et les hommes et les femmes y étaient mélangés. Dans cette synagogue, Ariel serait juif et je pourrais rester qui je suis. Cela ressemblait à un endroit pour nous. Jonas m'a fait remarquer que si on venait ici, il ne serait plus avec son père pour Kippour. Pour que nous soyons pleinement acceptés, il devait rompre avec son père ou que son père rompe avec le sien et la synagogue qu'il avait bâtie au retour des camps. Et si nous brisions cette chaîne, il n'y aurait plus rien des shtetls chez nous. De toute façon, il faudrait bien détruire quelque chose.

La rabbine que nous avons rencontrée ne portait ni barbe ni chapeau. Elle ressemblait à un médecin, quelqu'un qui peut tout entendre et sait déjà ce que vous allez lui dire. Elle nous a expliqué que notre famille pouvait être une famille juive mais qu'il faudrait faire un choix clair pour la religion de notre fils et que nous devrions le faire pour lui. Les libéraux croient que la judaïté peut être transmise soit par la mère, soit par le père, si l'enfant est élevé dans le judaïsme et fait sa Bar-Mitsva. Ce qui implique la circoncision et ensuite le respect des traditions. Les libéraux sont majoritaires aux États-Unis, mais ce n'est pas le cas en France et en Israël où la matrilinéarité reste la règle pour beaucoup.

La rabbine a dit : « Il ne peut pas y avoir Hanoukka et la messe de Minuit. » J'ai entendu : « Tu n'existeras plus. »

Quelques jours plus tard, j'étais au Mémorial de la Shoah pour comprendre ce qui planait au-dessus de Jonas, pourquoi il voulait circoncire notre fils et faire disparaître mon histoire. À 18 heures, je me suis levée de ma chaise et, alors que j'allais partir, j'ai vu le mur des noms juste à côté de la sortie. Un ensemble blanc avec le nom de tous les juifs de France morts en déportation. Je suis allée le regarder, avec mon gros ventre qui tirait et j'ai cherché du côté des W. Il y avait sept personnes avec le patronyme de Jonas, dont plusieurs enfants. Des enfants qui portaient le nom de famille de mon fils.

J'ai passé la sécurité sans dire au revoir au vigile, j'avais le cœur battant, les larmes aux yeux. Je marchais aussi vite que je pouvais, pour mettre le Mémorial derrière moi. Je voulais sauver mon bébé, lui donner mon nom à moi, enlever ce W, cette cible de son dos, le protéger. Je ne voulais plus de Jonas et de son malheur. Je voulais rentrer en Lorraine.

J'ai marché sur le quai des Célestins avec un sanglot qui ne me quittait pas. Mon téléphone vibrait dans mon sac, je devais retrouver Jonas à l'hôpital, je m'en sentais incapable. Il y était tous les soirs depuis une semaine pour être auprès de son grand-père pendant ses derniers jours. Il s'asseyait près de lui et lui racontait des souvenirs, lui chantait des chansons. J'ai avancé sans conscience de mon corps jusqu'à l'entrée de l'hôpital, le sanglot prenait toute la place. Les médecins avaient prévenu Jonas et sa famille qu'il risquait de mourir dans la nuit. Je venais dire adieu. Ma mère m'a appris que l'on va voir les gens à l'hôpital, que l'on va aux enterrements, que l'on rend hommage à leur vie et que l'on ne doit se poser aucune question. Dans l'ascenseur, je me disais ça. Tu ne t'écoutes pas, tu l'écoutes lui, après il ne sera plus là.

J'avais une idée assez claire de ce qui est triste et de l'émotion que cela pouvait susciter en moi. C'était avant de voir Jonas tenir la main de son grand-père et lui chanter « Yerushalayim shel zahav », en sachant que c'était la dernière fois.

J'étais assise sur une chaise, loin du lit, et je les regardais, écrasée. Jonas chantait et racontait des histoires à son grand-père qui ne pouvait plus lui répondre. À l'heure de la fin des visites, il s'est levé, lui a embrassé le front et lui a dit à demain. Je n'ai pas osé m'approcher, passer après lui, effacer l'effet de son baiser. J'ai souri, fait au revoir de la main.

En sortant, nous avons décidé que le prénom hébraïque d'Ariel serait Haïm, la vie. J'ai accepté que mon fils soit juif, c'était un choix que j'avais fait en épousant Jonas, même si je ne l'avais pas compris sur le moment.

Le grand-père de Jonas est mort cette nuit-là, la veille

de la naissance d'Ariel. Les premières heures, il lui ressemblait trait pour trait. Trois jours plus tard, dans le cimetière de Bagneux, le père de Jonas disait le kaddish[1] devant sa tombe, Michelle pleurait sur l'épaule de Jonas et j'étais à la maternité, occupée à bercer l'arrière-petit-fils qu'il ne rencontrerait jamais.

1. Prière pour les morts.

Ariel a été circoncis quand il avait cinq jours.

Lorsque l'on forme un couple mixte, les copains non juifs trouvent cela formidable de crier « *Mazel tov !* » en cassant un verre ou de porter des chaises en chantant « Hava naguila hava ». Les choses se compliquent un peu lorsqu'on les invite à 11 heures du matin un dimanche pour boire de la vodka pendant qu'on découpe le prépuce d'un nouveau-né sur la table du salon.

Voici une bonne histoire de circoncision :

Vous tombez amoureuse d'un garçon juif ashkénaze, ce que vous trouvez follement exotique car vous avez passé une partie de votre vingtaine à voir des films de Woody Allen et lire des livres de Nora Ephron. Il vous propose de faire des enfants, ce que vous accueillez avec scepticisme, puis enthousiasme. Vous priez pour que ce soit une fille afin que personne n'envisage de lui découper quoi que ce soit dans les jours qui suivent sa naissance. Vous apprenez qu'il s'agit d'un garçon et l'échographiste insiste en disant que ça ne fait aucun doute. Votre époux vous dit que la circoncision est capitale pour lui. Vous tentez de parlementer en lui rappelant qu'il mange du porc et qu'il ne croit pas en Dieu. Les termes « peuple de l'Alliance » et « tradition séculaire » sont prononcés. Vous restez évasive en misant tout sur une erreur de la sage-femme qui a fait l'échographie.

L'enfant naît. C'est un garçon. À la maternité, alors que vous portez une serviette hygiénique de la taille d'un chiot dans une culotte filet, votre belle-mère vous demande dans quelle boutique vous préférez qu'elle achète le saumon pour la Brit (la Brit Milah, c'est le petit nom mignon pour l'acte de découper un prépuce sur une table de salon). Après son départ, vous parlementez. L'homme que vous aimez vous explique qu'il a conscience que c'est une opération non nécessaire sur un nouveau-né, toutefois il a l'impression de voir les six millions de morts de la Shoah au-dessus de son épaule et il se sent un devoir si ce n'est religieux, au moins identitaire. Vous regardez dans le vide. Vous acceptez de discuter avec un mohel (celui qui procède à la circoncision en respectant le rite religieux) recommandé par une synagogue libérale, à condition qu'il soit chirurgien. Au téléphone, le mohel dit à votre époux : « Si votre femme est inquiète, vous pouvez la rassurer en lui disant que j'ai fait tous les enfants de Gad Elmaleh. » Paralysée par l'hilarité, vous laissez votre époux fixer le rendez-vous et prévenir toute la famille.

Votre mère vous explique que vous saviez dans quoi vous mettiez les pieds mais qu'elle sera très contente d'être là car elle vous aime ainsi que votre époux et qu'après tout, tout ce qui est nouveau est intéressant. Votre père juge que c'est de la barbarie, alors même qu'il vient de passer la journée à pourchasser un cerf avec cinq autres hommes adultes et dix-sept chiens pour finir par l'ouvrir en deux au couteau dans une cabane de chasse. Une partie de vos copains vous expliquent que c'est au-dessus de leurs forces et qu'ils sont pour le droit de l'enfant à décider pour son pénis. Votre époux vous dit que tout va bien se passer et que, heureusement, plus personne ne pratique la cautérisation par succion. Il trouve sa blague hilarante, pas vous.

Le dimanche suivant, avec vos quinze kilos en trop, vos vêtements de grossesse et une enveloppe de 700 euros dans la poche pour le mohel, vous ouvrez la porte aux invités. Vous découvrez que votre beau-père a invité la moitié de la synagogue, dont M. Schwak, l'homme qui a traumatisé votre époux toute son enfance en lui pinçant les joues très fort.

Vous présentez votre bébé à des gens que vous aimez et à d'autres que vous ne connaissez pas. Vos copains débarquent avec des cigarettes et du champagne en guise de kit d'urgence. Votre belle-mère dresse le saumon sur une assiette et votre mère découpe les bagels. Vingt-cinq personnes sont là, on attend le mohel. Le mohel arrive et installe ses ustensiles sur la table où vous prenez le petit déjeuner. Les juifs sourient, les goys sont blêmes. Le mohel dit : « Bon, on y va ? »

Une main vous saisit, c'est Nathalie, la tante de votre époux. Elle vous emmène dans la cuisine avec votre copine qui vous fait boire du champagne directement à la bouteille. Vous attendez qu'un drame se produise. Quelqu'un crie « Mazel tov », on chante une chanson que vous ne connaissez pas et tout le monde est heureux. Vous revenez dans le salon, votre mari a des auréoles de transpiration sur la chemise. Le mohel ne sait pas comment refuser la vodka qu'on lui tend. Votre beau-père vous serre dans ses bras avec un tel enthousiasme que vous pensez un instant qu'il vous confond avec quelqu'un d'autre. Vous ressentez quelque chose que vous ne connaissiez pas, qui ressemble à de la communion. Vous avez l'impression d'être au bon endroit. Votre mère fait comme si tout était normal. On vous tend votre bébé et vous êtes si tendue qu'il se met à pleurer. Le mohel vous explique de manière très douce que vous êtes trop émotive pour porter ce petit bébé qui a fort bien vécu ce qui lui est arrivé et vous propose de le laisser à ses grands-mères. Après trois petits verres de vodka, vous riez aux éclats avec vos copines.

Six heures plus tard, tout le monde est parti. Votre mari prend des photos car il doit documenter la cicatrisation. Comme vous n'avez pas dormi depuis cent quatre-vingt-cinq heures, vous ne savez pas ce que vous ressentez, mais il s'agit peut-être d'un des plus beaux moments de votre vie. Votre mari se retient de dire : « Tu vois, ça s'est bien passé » pendant sept minutes, puis il le dit.

Nous exhibions assez peu Ariel. Nous n'étions pas du genre regardez-le-fruit-de-notre-amour et sentez-donc-sa-tête. Nous lui parlions normalement et nous prononcions les mots en entier. Nous n'utilisions pas les termes « bib », « dodo » ou « bobo », mais il m'arrivait de demander, d'une voix que je n'avais jamais prise pour personne : « Qui est le plus mignon? qui est mon fils adoré? », alors Jonas pointait Ariel du doigt en répondant : « C'est lui, c'est cet amour-là », et nous débordions d'une joie sans pudeur.

Dans les magasins ou dans la rue, des inconnus nous arrêtaient pour nous parler des yeux d'Ariel, parfois si bleus et parfois si verts, et de ses cheveux aux jolies boucles noires. Ils ajoutaient : « Mais qu'il est beau, j'espère pour vous qu'il va garder cette couleur d'yeux », et ils semblaient déçus de nous voir, nous, si communs à côté de notre fils.

À deux ans, Ariel a découvert Barbara sur la couverture d'un hors-série *Télérama* qui traînait dans le salon. Il réclamait qu'on passe ses albums et il les écoutait assis à côté de l'enceinte avec cette façon, qui serait toujours la sienne, d'écouter des chansons comme s'il vivait dedans. Il trimballait le *Télérama* dans son lit, à table, dans sa poussette, sur mon vélo, dans le métro et partout où il allait. Il commentait les photos : « Ça, c'est Barbara qui écrit », ou : « Là, Barbara boit du café comme maman. » Il l'a déchiré des dizaines de fois en voulant tourner les pages et le *Télérama* a fini scotché dans tous les sens, avec des traces de chocolat et de confiture. Sur l'enceinte, je passais « Du bout des lèvres » en boucle pour endormir Ariel et, pendant la journée, nous écoutions l'album enregistré à Bobino en 1967, mon préféré.

Pour son premier jour de crèche, Ariel tenait son magazine contre lui. Il découvrait la collectivité après avoir été gardé par une nourrice pendant deux ans.

Les trois premiers jours, quand Jonas l'a récupéré, les puéricultrices lui ont fait savoir que tout se passait bien. Le quatrième jour alors que je le déposais, la directrice est sortie de son bureau pour me dire : « C'est compliqué pour Ariel, il tape beaucoup les petits copains. Et puis, on a voulu faire des chansons aujourd'hui, des petites comptines où on s'accompagne en frappant dans les mains, mais Ariel a crié : "Non ! Pomme de reinette c'est nul !" et on a dû l'isoler, il hurlait pour empêcher l'animatrice de chanter. »

C'est la toute première fois qu'on nous a parlé de la violence d'Ariel. C'était le jour de l'anniversaire de mon père, non pas qu'il y ait un lien entre ces deux informations, simplement c'est comme ça que je peux dater le début de l'histoire, que je peux dire à Françoise : « Ça a commencé quand il avait deux ans et un mois et ça ne s'est jamais arrêté. »

Après ça, nous avons entendu chaque soir les mêmes choses, « c'était difficile aujourd'hui », ou : « il a encore tapé sans raison ».

Le matin, je préparais Ariel et je le prenais sur mes épaules. Je n'aimais pas m'encombrer de la poussette et le trajet était long. Mon angoisse s'accentuait à mesure que l'on approchait de la crèche. Dans le couloir, les autres parents le regardaient. Un mélange d'agacement et de curiosité. On a des a priori sur les brutes de la crèche, on imagine des machins qui bousillent tout sur leur passage, qui crient sur leurs parents ou balancent leurs chaussures contre les murs. On n'imagine pas ce petit garçon en duffle-coat qui me tendait son *Télérama*-Barbara pour que je le range dans mon sac et me demandait de ses grands yeux bleu clair : « Maman, ce soir on ira voir la fontaine de l'Observatoire ? »

Il arrivait que des parents viennent me parler de leurs enfants effrayés par Ariel. Je hochais la tête et je répondais : « Je comprends, merci de m'en avoir informée » sur un ton de service après-vente. Jonas, lui, se justifiait, il voulait montrer que l'on était de bonne volonté, que l'on souffrait, il en faisait tant et tant qu'à la fin c'étaient eux qui s'excusaient.

Un soir, je lui ai dit : « On va arrêter la crèche, ce n'est pas possible, il déteste et il fait du mal aux autres. Reprenons une nounou à la maison. » Jonas étendait le linge. Il a tiré sur les jambes d'un pantalon d'Ariel pour s'assurer qu'il sèche sans pli et il a répondu : « Si on attend qu'il rentre à l'école, ça ne va faire que reporter le problème, il vaut mieux qu'il s'habitue à la crèche plutôt que repasser par tout ça en maternelle et qu'il finisse par détester l'école.

— Non mais là, on le punit, on lui parle, on fait des jeux de rôle à la con, rien ne marche, c'est peut-être la crèche le problème. »

Il a soufflé, il n'avait pas envie d'avoir cette conversation et moi non plus : « Tu sais qu'à l'école maternelle il va y avoir les mêmes gosses, les mêmes jeux et les mêmes comptines ? Ce n'est pas la crèche le problème, c'est la collectivité. Tu veux que l'on renonce à la collectivité ? Qu'on lui fasse l'école à la maison l'année prochaine ? Qu'il reste tout seul dans l'appartement avec un précepteur ? » a demandé Jonas.

Il a tiré un T-shirt taille deux ans du panier à linge.

« Ce qui est bizarre, c'est qu'il n'a jamais tapé devant nous, on ne l'a jamais vu faire, j'ai ajouté.

— Lucie, ils ne se sont pas trompés de gamin, c'est bien le nôtre qui fait tout ça. »

Et, sans me regarder, il a pris deux minuscules chaussettes pour les accrocher l'une à côté de l'autre avec une pince à linge.

Au milieu de l'année, la directrice a insisté pour que nous rencontrions la psychologue de la crèche. Jonas a répondu : « Vous pensez qu'il a déjà assez de recul pour s'allonger et dire du mal de nous ? » Elle a fait comme si elle ne l'entendait pas.

La psychologue souriait beaucoup. Un sourire qui prend dans les bras. Elle portait des vêtements confortables et des lunettes rondes avec une large monture de plastique orange. On lui a expliqué tout ce qu'on faisait pour qu'Ariel arrête de taper les autres, elle nous a écoutés attentivement mais elle n'avait aucun bon point à nous donner. Elle, elle trouvait Ariel merveilleux, très éveillé et intéressant, malgré ses « petits problèmes de gestion d'émotion ». « À la maison, les choses se passent normalement, j'ai dit, il n'est pas du tout agressif chez nous. » Elle a répondu : « Parce qu'avec vous il se sent en sécurité, vous ne le dérangez pas. » Puis : « À la crèche, il ne supporte pas les autres, mais ça va passer en grandissant, dès qu'il arrivera à nommer ce qui le dérange, il arrêtera les coups. » J'ai ressenti au niveau du sternum la sensation d'une peur qu'on arrache et qu'on laisse s'envoler.

Jonas a ajouté : « Ça peut être long de grandir », et j'ai pensé : je ne supporterai pas une autre année comme celle-là, à raser les murs. Soir et matin, les parents de la crèche se parlaient au portail, riaient avec les puéricultrices, allaient boire des cafés. On ne nous l'a jamais proposé. On nous saluait à peine. Leur monde n'était pas le nôtre. Nous, nous étions en marge, nous étions ceux qui abîmaient la belle harmonie, la pâte à sel et les comptines qui se miment.

Nous avons découvert, pendant cette période, qu'Ariel, que nous pensions être le prolongement de nous-mêmes, n'avait rien à voir avec nous. Il ne réagissait pas comme nous et faisait des choses qu'on lui avait interdites. Expliquer et punir ne suffisaient pas. Nous n'étions pas la bonne conscience de notre fils, notre voix ne résonnait pas en lui pendant la journée, ou si elle le faisait, elle était sans effet. Pourtant nous en étions responsables, nous recevions les critiques, les conseils et les doléances alentour, comme s'il existait, au fond, un mécanisme pour arrêter son bras avant qu'il ne frappe et que nous échouions à l'activer. Ariel était notre presqu'île, il était autre chose que nous, mais il nous était relié. Et nous n'arrivions pas à le faire changer.

C'était étrange de penser que notre amour, à Jonas et moi, avait créé Ariel et, avec lui, sa violence, la peur des enfants et la fatigue du personnel de la crèche. Nous avions créé un dérangement dans l'ordre des choses. Et ce dérangement, qui ne devait être que temporaire, s'est établi. Les émotions qui nous ont visités cette année-là (la honte, l'angoisse, la tristesse, la culpabilité) et que nous pensions passagères, se sont gentiment installées en nous, ont mis l'électricité, acheté un canapé confortable, cloué des tableaux au mur, puis ont fini par coller leurs noms sur la boîte aux lettres et définir notre parentalité.

Je suis dans la salle d'attente de Françoise pour la seconde séance. Après avoir accueilli Ariel, elle m'a demandé s'il y avait du nouveau depuis la dernière fois. Je me suis retenue de lui avouer qu'Ariel n'était plus autorisé à faire des sorties avec l'école sans que nous soyons présents. La veille, il est allé à Beaubourg avec sa classe et, occupé qu'il était à toucher les murs et les portes, il s'est retrouvé les doigts sur un tableau. La maîtresse m'a sermonnée : « Je suis désolée mais on avait dit et répété qu'il était interdit de toucher les œuvres, les parents qui accompagnaient son groupe étaient dans tous leurs états, vous savez qu'on ne peut pas tous être derrière Ariel. » Je savais.

Les murs du cabinet de Françoise sont fins et la voix d'Ariel me parvient. Il commente les images qu'elle lui montre : « Les parents sont dans leur lit mais ils n'osent pas en sortir », puis : « Là, c'est maman qui pleure dans le train. »

Maman qui pleure dans le train ?

Le seul moment où j'ai pu pleurer dans le train, c'est au retour de Reims, lors de ce week-end chez Stéphanie l'an dernier. Est-ce de ça qu'il parle ? De ce samedi affreux ?

Nous n'avions jamais reparlé de cette journée avec Ariel, je ne savais pas qu'il s'en souvenait ou qu'il avait pu me voir pleurer.

C'était en octobre, il avait quatre ans. Nous étions partis un samedi pour visiter la maison que Stéphanie et Pierre avaient rénovée et pour rencontrer leur deuxième enfant. Le trajet était court jusqu'à Reims depuis Paris, moins de quarante-cinq minutes. Dans le wagon, je pensais à ma joie de retrouver mon amie de vingt ans. Je savais que je pourrais lui parler d'Ariel sans honte. Stéphanie avait longtemps fait de la médiation culturelle avec des enfants parfois difficiles, dont peu d'adultes comprenaient les ressorts. Elle était rassurante, elle avait composé avec des gamins nerveux, il ne fallait pas que je m'inquiète, ce genre de phase finissait par passer. Elle était impatiente de mieux connaître Ariel, et moi de passer du temps avec ses enfants. Entre l'ouverture de son cabinet de naturopathe, les travaux et sa grossesse, nous avions laissé filer deux années sans nous voir.

Quand le train s'est arrêté, nous avons rangé les livres d'Ariel, les histoires de maisons hantées et de chasse au trésor, et nous sommes descendus sur le quai. J'ai cherché Stéphanie des yeux dans la foule, elle m'a souri et fait un grand signe de main. J'ai accéléré le pas jusqu'à elle en sautillant de joie, j'ai presque semé Ariel et Jonas. Stéphanie m'a fait une accolade d'un seul bras pour ne pas gêner son fils qui dormait contre elle dans le porte-bébé, je lui ai manifesté mon affection comme je le pouvais dans cette situation peu confortable. Elle a dit « Roger ! Contente de te voir ! » puis elle s'est baissée au niveau d'Ariel : « T'as fait bon voyage, Ariel ?

— Oui, c'est allé très vite, on était dans un TGV !

— Et puis c'est juste à côté, a dit Stéphanie.

— Pas juste à côté non plus, c'est pas comme par exemple Bastille, ça c'est juste à côté de chez nous. T'es la copine de maman avec qui elle a vu la tour penchée ?

— La tour de Pise ? Oui, c'était il y a longtemps ; on se connaît depuis très longtemps, ta maman et moi. »

Je connaissais Stéphanie depuis le lycée. On se voyait les mercredis après-midi dans nos maisons vides, on fermait les volets et on écoutait *The Wall* des Pink Floyd en tournant sur nous-mêmes. J'aimais « Hey You » et, elle, « The Trial », ce qui suffit à décrire ma couardise romantique et son angoisse saturée d'alors. Elle m'appclait Roger, comme Roger Waters, et je l'appelais Albert, parce qu'à la fac elle s'était fabriqué un pochoir d'Albert Camus pour taguer son visage partout sur les murs de Nancy.

J'ai penché la tête et j'ai regardé son bébé. Il était recroquevillé contre elle, on ne voyait que le duvet de ses cheveux. « C'est Alceste. Il ne va pas rester endormi longtemps, tu vas vite le rencontrer, en ce moment il tète toutes les deux heures. » On s'est installés dans la voiture. J'étais devant à côté de Stéphanie, Jonas s'est glissé à l'arrière entre les sièges auto d'Ariel et d'Alceste. Il a répondu : « Non c'est impeccable, vraiment », quand Stéphanie s'est excusée de l'inconfort. Quand elle a démarré, me sont revenus les souvenirs des centaines de trajets que nous avions faits ensemble. Les vacances, les week-ends de festival, les allers-retours dans des villes pas possibles pour retrouver des copains de lycée. J'ai ressenti une bouffée de plaisir, comme si nous partions voir les Libertines en concert, comme s'il n'y avait que nous dans la voiture.

En sortant de la ville, Stéphanie m'a expliqué qu'à l'école, sa fille Louison fréquentait des gamins qui regardaient beaucoup la télé, qu'il y avait un peu de violence dans la cour de récréation, de la part des garçons surtout, et qu'elle avait l'impression de l'avoir un peu trop protégée de tout ça, qu'elle la sentait perdue au milieu du bruit et des autres, qu'elle espérait que devenir une grande sœur la ferait un peu grandir maintenant qu'elle n'était plus le centre de leur monde.

Nous sommes arrivés dans un village de campagne avec des maisons en vieilles pierres aux volets bleus. Sous le nom de la ville, un panneau indiquait « village de caractère ». La maison de Stéphanie et Pierre se trouvait quelque part au milieu des roses trémières. La voir m'a rendue heureuse. Ce serait bien de rêver de cet endroit avant d'y revenir la prochaine fois.

L'entrée était encombrée. Une poussette, des restes de cartons, les manteaux de Louison, des parapluies, tout un bordel qui n'avait sans doute jamais trouvé une vraie place. Pierre était avec sa fille dehors, sur la terrasse. Il épluchait des pommes de terre et elle coloriait l'intérieur d'un dessin visiblement fait par lui : un escargot et une feuille avec des pieds avançaient vers un arc-en-ciel. Pierre s'est levé pour nous embrasser. Ariel a dit bonjour à la cantonade et il s'est approché de Louison, intéressé par ses crayons et ses feutres. Je ne me suis pas méfiée. Elle a levé les yeux de son dessin, a froncé les sourcils en le regardant et d'un geste brusque a ramené sa feuille vers elle. J'ai vu les yeux d'Ariel devenir gris foncé et j'ai deviné ses poings serrés. J'aurais dû intervenir mais Stéphanie détachait la bretelle de son porte-bébé et venait me présenter Alceste.

Ariel, lui, n'arrivait pas à colorier sans dépasser alors qu'il était plus grand que Louison et puis elle lui avait caché son dessin avec un air agressif, c'est ce qu'il m'expliquerait plus tard. À cette seconde-là, alors que mon attention était ailleurs, il n'a rien dit. Il a attrapé le dessin de Louison, l'a déchiré et a hurlé : « méchante ! t'es qu'une méchante ! » en balançant les morceaux au sol.

Les quatre adultes que nous étions se sont immobilisés. Alceste était dans mes bras, je ne pouvais pas bouger. Jonas a mis Ariel sur son épaule, a demandé où était la chambre d'amis où on était censés dormir et il l'a embarqué pour l'isoler et le punir. Ariel lui tambourinait le dos en criant : « Non ! c'est elle, c'est elle la méchante. » Le vent a fait voler les deux bouts de dessin, je les ai ramassés d'une main, tout en portant le bébé. C'était donc ça qu'Ariel faisait à l'école. Il détruisait le plaisir des autres. Un dessin sur lequel un père et sa fille avaient passé du temps, qu'ils auraient sans doute accroché, plus tard, sur le mur d'une chambre. Un trésor qu'il avait ravagé en une seconde.

Louison pleurait et pleurait et elle était toute rouge et elle hoquetait et Stéphanie l'a prise dans ses bras. Je lui ai tendu les morceaux, j'ai dit : « on va pouvoir le réparer avec du scotch », elle m'a regardée avec stupeur et a hurlé : « non ». Alceste s'est mis à pleurer lui aussi. Stéphanie a lâché sa fille et a pris son bébé de mes bras en le réconfortant : « Je suis là, je suis là, voilà tu vas manger. » Elle est entrée dans la maison pour s'installer au calme avec lui et je l'ai suivie puisque je ne savais pas quoi faire de moi. Je me suis assise à côté d'elle.

« Je suis désolée, Albert.

— Ce n'est pas grave, c'est un enfant, il a des réactions d'enfant. Il arrive dans un nouvel endroit, c'est toujours stressant. Vous allez trouver comment l'apaiser, on a le temps d'en parler ce week-end de toute façon. »

Et puis elle s'est tue. Alceste à son sein faisait un bruit

de succion. Je n'avais pas encore eu le temps d'enlever ma veste et j'avais chaud. J'entendais Jonas à l'étage : « Inacceptable, Ariel, c'est inacceptable, tu as une bouche pour t'exprimer, tu n'abîmes pas les affaires des autres, c'est formellement interdit ! Interdit ! » Puis il a fermé la porte de la chambre pour y laisser notre fils.

Je me suis levée pour voir Louison et lui demander comment elle allait, elle ne m'a pas répondu. Elle fixait son père qui lui faisait un autre dessin à colorier.

« Pierre, tu veux que j'aide pour le déjeuner ? Qu'est-ce que je peux faire ? »

On m'a missionnée pour la salade. Sur le plan de travail, j'ai reconnu la théière rouge à pois blancs. On l'avait dénichée dans une brocante pendant nos vacances dans le Jura, je la trouvais hideuse mais Stéphanie l'adorait et j'étais la seule à avoir de l'argent liquide sur moi. Elle avait insisté et j'avais payé cette horrible chose qui a vécu dans tous ses appartements et est devenue le symbole de mes après-midi avec elle à boire du thé et écouter de la musique. J'ai aussi retrouvé l'affiche de *Mon oncle* de Jacques Tati sur la porte. Toutes ces choses qui avaient suivi Stéphanie partout et qui me suffisaient pour savoir que l'on était chez elle, peu importe avec qui elle vivait.

Ariel est descendu et je l'ai entendu s'excuser. « Pardon pour ton dessin, Louison, et pardon de t'avoir fait de la peine. »

Jonas et Pierre ont mis la table à l'intérieur, Louison a lâché son dessin à contrecœur pour s'installer sur une chaise faite pour elle. J'ai demandé à Ariel de se mettre entre Jonas et moi, sur un siège d'adulte, et il a crié : « Non, je veux pas, je veux pas être en face d'elle. » Pierre a levé les yeux en soufflant et a attrapé le plat pour découper le rôti.

« Ariel, on est là pour passer le week-end tous ensemble, j'ai dit.

— Tu t'assois et tu déjeunes sans te préoccuper des autres », a ajouté Jonas d'un ton brusque.

Louison s'est mise à gigoter sur sa chaise en fronçant les sourcils. Elle a gémi : « Aïe, arrête ! » Ariel était tassé sur sa chaise et essayait de lui mettre des coups de pied sous la table. « Tu arrêtes ça immédiatement ! » a dit Jonas, et Pierre a complété : « Essaie de coller des coups de pied à ma fille et je te garantis qu'on ne va pas être copains. » Ariel s'est redressé, il a attrapé un morceau de pain et s'est mis à faire des boulettes de mie. J'ai compris qu'il allait les balancer sur Louison et j'ai posé ma main sur son bras. « Tu manges normalement ou tu vas dans ta chambre », a repris Jonas.

Il y a eu quelques secondes de calme puis Ariel s'est levé de sa chaise et a balancé son bout de pain en face de lui en criant : « Je veux pas être là, je veux pas être avec elle ! » Le morceau est passé très près du bébé qui était dans les bras de Stéphanie. Pierre a mis sa main devant le visage d'Alceste pour le protéger en poussant un cri de surprise.

« Bon ça suffit. Tu ramasses ça et tu montes ! » j'ai dit. Il est allé de l'autre côté de la table pour ramasser le pain, Pierre s'est tenu prêt à intervenir s'il s'approchait de ses enfants. Ariel a posé le morceau sur la table en disant : « nul, nul », et en tapant son talon sur le sol. Je l'ai pris par la main et je l'ai emmené pendant qu'il se débattait : « Non, je veux manger ! J'ai faim ! Non, c'est méchant ! J'ai faim ! »

Je ne comprenais pas ce qui se passait. Ariel s'était toujours bien tenu chez nos copains, il n'y avait jamais eu de problème. Je lui ai expliqué qu'il allait être puni un moment seul dans la chambre et que ensuite il devrait descendre et se comporter correctement, que ce n'était pas une suggestion mais une obligation. Il m'a répondu qu'il ne voulait pas être là, que c'était nul, qu'il voulait être chez lui. Jonas nous a rejoints.

« C'est l'horreur, j'ai dit.

— Ta copine a bossé des années avec des gosses, elle en a vu d'autres. »

On avait dû rester en haut un moment, parce que, quand on est descendus, Pierre et Stéphanie étaient partis coucher leurs enfants. Ariel s'est installé à table et a enfin mangé. Il parlait calmement de ce qu'il voyait autour de lui, il était seul et en paix. Puis il a mis son assiette et ses couverts dans le lave-vaisselle et il est parti dans le jardin avec son père. Pierre est descendu avec Alceste et m'a dit que Stéphanie s'était endormie à côté de leur fille. Nous nous sommes installés dans le salon pour boire un café. J'ai posé à Pierre les questions que j'aurais voulu poser à Stéphanie et j'ai reçu les réponses pratiques et sans charme que font les maris des autres.

La porte-fenêtre qui menait au jardin s'est ouverte, Ariel est entré en courant, Jonas à ses trousses. « Au secours, maman, je suis poursuivi par un monstre de lave ! » Il était heureux, boueux et merveilleux. Il s'est précipité pour sauter dans mes bras, sans un regard ou une attention pour autre chose que moi. Il est passé devant Pierre qui a tendu le bras pour protéger Alceste sur son tapis d'éveil. J'ai pris mon fils dans les bras et lui ai posé des questions sur le monstre. Ses cheveux sentaient l'air froid du jardin. Je l'ai reposé et j'ai soufflé sur le bout de ses doigts gelés. Ses ongles étaient rongés et il y avait des petites traces de sang là où il avait arraché ses cuticules. On se parlait doucement et front contre front, pour que le monstre ne nous entende pas, pendant que Pierre se levait pour aller cacher Alceste dans la cuisine.

« Maman, je peux avoir un verre d'eau ? » m'a demandé Ariel. À contrecœur, je l'ai emmené dans la cuisine et Pierre a soupiré en nous voyant entrer. Il avait posé Alceste dans son transat de bébé et il faisait courir ses doigts de son ventre à son menton en chantant : « C'est la petite bête qui monte, qui monte, qui monte. » Ariel s'est arrêté pour les regarder. Il se tenait tout droit, les mains dans le dos, comme un petit ministre. D'un mouvement de chaise, léger mais immanquable, Pierre a placé son dos comme rempart entre Ariel et son fils.

« Pierre, tu peux me faire la petite bête aussi ? » a demandé Ariel d'une voix d'enfant qui ne lançait pas de morceaux de pain et ne déchirait pas les dessins.

Pierre a regardé Jonas l'air de dire : « Tu peux intervenir, s'il te plaît ? »

« Je vais te le faire, mon grand, a dit Jonas.

— Mais non, je voudrais que ce soit Pierre. »

Pierre a rentré ses lèvres vers l'intérieur de sa bouche en écarquillant les yeux, agacé.

« Pierre est avec Alceste là, c'est un truc de papa et de fils, tu sais, je vais te le faire dans le salon, OK ? » a proposé Jonas.

Ariel a répondu : « Non, non », en fronçant les sourcils. Il a baissé la tête en serrant les poings. Je lui ai tendu un verre d'eau et lui ai caressé les cheveux en souriant.

« Il reste une sucette dans le sac à dos, tu la veux ? »

Il a couru jusqu'au salon, à sa place, loin du bonheur de Pierre. Debout près de la fenêtre, je respirais difficilement. J'avais l'impression d'être une mauvaise odeur dont on n'arrivait pas à se débarrasser.

« Je vais avancer nos billets de train, non ? a demandé Jonas.

— Pitié oui. »

Jonas et Ariel sont montés regarder un dessin animé et je me suis à nouveau retrouvée seule à attendre Stéphanie. Je me suis installée dans le canapé du salon au cas où elle redescendrait. Je n'avais pas envie de guetter le bruit de ses pas depuis la chambre d'amis. Je voulais surtout qu'il n'y ait plus d'incident, que l'on puisse être ensemble sans pain qui vole, sans hurlement.

« Roger ?... » J'ai ouvert les yeux, réveillée en sursaut par Stéphanie qui me souriait. « Excuse-moi, en ce moment dès que je m'allonge, je m'endors. Si je me couche à côté de Louison, c'est fatal. On se fait un thé ? » Je me suis levée sans savoir quelle heure il était ni combien de temps j'avais dormi. Elle ne portait ni ne nourrissait aucun enfant et semblait me consacrer toute son attention. Je voulais lui parler de l'attitude d'Ariel aujourd'hui, de mon impuissance, de la réaction de protection de Pierre qui me semblait démesurée, mais j'avais peur de ce qu'elle me répondrait, j'avais peur qu'elle ne prenne plus le ton rassurant qu'elle avait eu au téléphone maintenant qu'elle avait vu Ariel, je ne voulais pas l'entendre dire : « Roger, c'est pas du tout ce que j'avais compris, c'est grave là. »

Elle a allumé l'enceinte et m'a demandé ce que je voulais écouter.

« On met "What Katie Did" ? »

La cuisine était chaleureuse, par la fenêtre les arbres prenaient des couleurs de Toussaint, Pete Doherty chantait, Stéphanie faisait bouillir de l'eau en fredonnant : « shoop, shoop, shoop de lang a lang », tout était bien. Elle m'a parlé de son jardin, de ses voisins, d'une AMAP et de l'atelier de réparation de vélos solidaire qu'elle voulait monter quand elle aurait du temps. J'ai repensé au barbu natté qui lui avait appris à réparer des vélos dix ans plus tôt et dont elle m'avait dit : « La chair est gaie, hélas il n'a lu aucun livre », et j'ai souri. Le soir tombait, nous sommes sorties par la porte-fenêtre. Elle s'est roulé une cigarette, les mêmes qu'au lycée. Elle m'en a tendu une. Je sentais le vent à travers mon pull, le thé était encore trop chaud pour être bu.

Sa fille est arrivée et on a toutes les deux caché nos clopes, comme vingt ans plus tôt, quand on se faisait surprendre par nos parents. Ensuite, Louison a pris son vélo, qui n'avait pas de petites roues, un vélo de grande. Ariel est sorti en courant. Ariel ne sait pas faire du vélo de grand. Il a cavalé vers elle, je me suis levée, j'avais peur qu'il crie ou se mette sur son chemin. Il a été plus rapide que moi, il est arrivé jusqu'à Louison et je l'ai vu la pousser de toutes ses forces. J'ai hurlé. Le vélo est tombé sur le côté et la tête de Louison a heurté le béton de la terrasse. Elle n'avait pas de casque. Stéphanie s'est précipitée. Louison s'est relevée, le côté du visage recouvert de sang, du front au menton. J'ai couru à la cuisine chercher de quoi la nettoyer. C'était une maison sans essuie-tout jetable, j'ai pris un torchon de cuisine propre et un bol d'eau. J'étais terrifiée. Je n'aurais jamais imaginé qu'Ariel puisse faire ça. Quand on nous parlait de brutalité à l'école, j'imaginais des chamailleries, des petites agressions, je découvrais les plaies, le sang, la terreur dans les yeux. Je les ai retrouvées dans le jardin. Louison était dans les bras de sa mère. J'ai trempé mon torchon dans l'eau et l'ai tendu vers le visage de Louison pour nettoyer le sang. Stéphanie m'a repoussée, « non, laisse-la ». J'ai demandé à Louison :

« Ça va, chérie? », et j'ai tendu le torchon à Stéphanie, je pensais qu'elle voulait le faire elle-même. Stéphanie a fait non de la tête, elle m'a encore repoussée de la main, sa fille dans les bras, puis elle est partie : « Je vais m'occuper d'elle dans la salle de bains. »

Je les ai regardées s'éloigner, avec mon kit de premiers secours minable. J'ai tourné la tête vers Ariel. Il mettait des coups de pied dans un ballon, sur le gazon plus loin. J'ai dû dire quelque chose, le gronder, j'ai oublié. Je ne sais plus non plus comment Jonas l'a puni, ce qu'il a imaginé être une sanction adéquate pour quelque chose d'aussi grave. Je pensais : il a blessé Louison, il l'a peut-être vraiment blessée, parce qu'elle sait faire du vélo et pas lui. Il est dangereux, il est vraiment dangereux.

Pierre est arrivé quelques minutes après, il revenait de la salle de bains, Alceste dans les bras, et il a suggéré qu'on fasse dîner les enfants séparément. J'ai proposé de préparer des pâtes pour tout le monde et de faire dîner Ariel seul dans la cuisine.

Pierre est remonté.

J'entendais Louison pleurer en haut.

« Ça saigne beaucoup, c'est assez profond », observait Pierre dans la salle de bains au-dessus de ma tête. Louison était blessée. Ils allaient partir pour l'hôpital. Elle avait peut-être un traumatisme crânien. Elle allait avoir des points de suture, des cicatrices sur le visage. C'était notre faute. Ariel avait fait ça. Je ne l'avais pas empêché. Je ne m'étais pas assez méfiée. Je voulais monter, savoir ce qu'il en était, proposer mon aide, mais personne ne voudrait de moi là-haut. Je regardais la casserole, comme si je pouvais réparer quoi que ce soit en surveillant la cuisson des pâtes.

Pierre est entré dans la cuisine.

« Les pâtes sont prêtes, je peux en préparer une assiette pour Louison ? j'ai demandé.

— C'est gentil mais Steph va l'emmener voir un voisin médecin, vérifier que tout est OK, qu'il n'y a pas de points de suture à faire. »

Ariel dessinait des monstres noirs sur un volcan. Il appuyait très fort sur ses crayons. Pierre le regardait. Il voyait sa façon agressive de tracer des coulées de lave sans lever la tête.

« Pierre, je suis désolée, quand Louison ira mieux, Ariel aimerait s'excuser.

— Ce n'est pas la peine, je pense que Louison préférerait être un peu tranquille.

— D'accord. Stéphanie part quand ? Je vais peut-être l'accompagner ?

— T'embête pas, c'est juste à côté. Je reviens, je vais donner son bain à Alceste. »

On s'est retrouvés à nouveau tous les trois. Ariel a dîné et quand la salle de bains a été libre, il a pris son bain, puis on l'a couché. Il était 19 h 30. Je tendais l'oreille, Stéphanie ne revenait pas. J'imaginais le pire.

« Soit elle est allée à l'hôpital, soit elle traîne pour ne pas nous voir », a glissé Jonas.

J'ai cherché Pierre dans la maison, je lui ai demandé s'il avait des nouvelles.

« Oui, c'est superficiel. »

J'ai soupiré de soulagement.

« Elles rentrent du coup ?

— Oui, elles ne vont pas tarder. »

Je suis retournée dans notre chambre. Il s'est encore passé trente minutes. Ariel ne dormait pas. Il écoutait des histoires, je me forçais à les écouter aussi. Puis j'ai entendu la porte d'entrée s'ouvrir. Elles ne sont pas allées dans la cuisine, elles ont monté les escaliers vers la salle de bains. Louison avait dû dîner chez le voisin, tant pis pour les pâtes qui attendaient dans la casserole. Après la salle de bains, elles sont allées dans la chambre. Ariel s'était endormi.

« Qu'est-ce qu'on fait ? j'ai demandé à Jonas.

— On descend, on parle de tout ça entre adultes et on essaie de passer une bonne soirée. »

Dans la cuisine, Pierre préparait des pizzas. Jonas l'a aidé, j'ai ouvert le vin. Ils parlaient de cinéma, de jeux vidéo, de ces trucs que les mecs se disent entre eux.

Je vais expliquer à Stéphanie, je vais lui dire qu'Ariel ne sait pas gérer ces petits rejets d'enfants ou les victoires des autres. Ce qui vient naturellement à tous les gamins après quelques frustrations est pour lui impossible. Il va finir par y arriver, mais pour l'instant il ne sait pas. Il ne sait pas baisser les yeux tristement. Il ne sait pas pleurer. Il ne sait pas mettre son chagrin dans une petite boîte et l'ouvrir le soir avant de dormir quand il n'y a plus rien pour le distraire. Ce qu'il sait, c'est faire souffrir en retour. Il ne comprend pas que ça n'apaise rien.

Stéphanie va dire : je conçois oui, mais je suis obligée de protéger Louison. Elle essaiera de me trouver des solutions. Je l'écouterai. Ses conseils l'aideront à nous comprendre, elle nous mettra sous son patronage et nous aurons le même horizon. On sera dans le même camp.

Ça va aller.

Ça va se régler.

À 21 heures, Pierre s'est étonné : « C'est bizarre qu'elle ne redescende pas. Je vais aller voir. » Il est revenu en disant qu'elle s'était endormie en couchant Louison. Je lui ai souhaité une bonne nuit et j'ai quitté la cuisine. Peu importe s'il était tôt, peu importe si ce n'était pas poli. Je n'avais plus l'énergie de faire semblant.

Dans la chambre, j'écoutais la respiration d'Ariel qui était allongé sur un petit matelas au sol. Stéphanie me laissait croupir dans la chambre d'amis. Condamnée sans jugement, balancée dans la léproserie. Oh, j'allais bien finir par comprendre toute seule qu'elle n'avait pas envie d'écouter mes excuses, mes explications, qu'elle avait une fille à soigner, à protéger, une fille que mon fils avait terrorisée. Qu'elle se rassure, j'avais compris. J'avais bien compris.

J'aurais voulu que mon amie, qui me connaissait mieux que personne, qui savait toutes ces choses que je cache aux autres, comprenne Ariel. Mais cette façon de me repousser, de ne pas venir me voir, c'était une condamnation totale, absolue, d'Ariel, de nous, de ce qu'on était.

Jonas est entré.

« Je m'occupe du réveil, le train est à 9 heures.

— Les parias rentrent à Paris », j'ai répondu.

Il s'est allongé et je me suis installée contre lui. J'ai gardé longtemps les yeux ouverts. Je pense qu'il dormait déjà quand j'ai dit : « On va arrêter de voir des gens pendant un moment. »

À 7 h 30, la sonnerie n'a réveillé qu'Ariel. On s'est préparés silencieusement, il n'y avait personne en bas. J'ai trouvé un bloc de Post-it pour écrire un mot que j'ai posé sous la théière : *Les amis, Ariel ne se sent pas bien, c'est un peu compliqué pour lui d'être en dehors de la maison. On est désolés pour tout. Mille baisers qui guérissent à Louison et à très vite.*

« Le taxi sera là dans deux minutes », a déclaré Jonas.

J'ai regardé la théière rouge à pois. J'ai pensé à ce mot, à ce qu'il ne disait pas, à notre souffrance, à la douleur et la peur de leur fille, à Stéphanie qui se cache. Je n'avais pas envie de salir la théière avec ça. Et puis j'en avais marre de m'excuser tout le temps. J'ai pris le mot et je l'ai mis dans ma poche.

« Laisse tomber le mot, de toute façon ils comprendront bien.

— Tu ne veux pas au moins toquer à la porte de leur chambre et dire au revoir ? » m'a demandé Jonas.

Je suis montée, j'ai frappé à leur porte, j'ai crié à la cantonade : « Albert ? On va y aller, c'est mieux, on s'appelle. » Je n'ai pas entendu de réponse, ils devaient dormir.

« Le taxi est là », a dit Jonas.

À la gare, j'ai balancé le mot dans la poubelle.

« Elle t'appellera ce soir, ça va se régler. »

Dans le train, Ariel dessinait des chevaliers chevauchant des ptérodactyles. Il était calme et concentré. Ses yeux bleu clair, ses traits fins, sa façon de s'absorber complètement. C'est lui qui comptait. Tant pis. J'étais très fatiguée et sans doute que j'ai pleuré, puisque Ariel s'en souvient.

J'ai reçu un message de Stéphanie un mois plus tard, elle voulait qu'on se parle, j'ai laissé traîner.

« Réponds-lui et appelle-la, m'a conseillé Jonas.

— La seule chose que je veux savoir, c'est si les blessures de Louison ont disparu, si la cicatrisation s'est bien passée, si elle n'a pas trop gratté ses croûtes.

— Demande-lui ! »

Je voulais savoir mais je ne pouvais pas voir ou entendre Stéphanie. J'aurais eu l'impression de mettre un pull en acrylique sur de la peau brûlée. J'avais peur de lui parler et je n'en avais pas envie. Je savais que j'étais injuste, qu'on était venus défigurer sa fille et que, maintenant, je lui arrachais mon amitié des mains. Je savais, mais je ne pouvais pas faire autrement. J'avais peur de ce qu'elle me dirait, j'avais peur de ce qu'ils avaient vécu ce week-end-là, j'avais peur de son avis. Je pensais à sa main qui me repoussait, à son « laisse-la », à son regard.

J'ai pris mon portable et je lui ai répondu : « Je n'ai pas envie de parler pour l'instant. »

« Tu vas le regretter », a ajouté Jonas.

Je n'ai jamais appelé, je me suis installée sur un fauteuil confortable, je me suis fait une tasse de thé et, avec ma peur et ma tristesse, j'ai tricoté une grosse couverture et je me suis cachée dessous en laissant passer les saisons.

Après ça, nous ne pouvions plus ignorer que la violence d'Ariel était sortie de l'école et pouvait arriver partout. Jonas me répétait : « Il faut qu'on voie un psy, visiblement ce qu'a dit celle de la crèche n'est pas vrai pour Ariel. Verbaliser ne change rien. On ne peut pas continuer comme ça », et il avait raison. Il nous fallait Françoise. Françoise la sauveuse, Françoise qui nous dirait si Ariel avait un trouble au nom compliqué ou s'il était juste un petit garçon perdu qu'on n'arrivait pas à rassurer. Françoise chez qui j'attends que cette séance se termine. Françoise que j'entends dire à Ariel qu'il est l'heure de retrouver maman. Françoise qui ouvre la porte de son cabinet. Françoise qui me fait entrer pour payer la séance.

Merci, Françoise, au revoir, Françoise.

Plus tard ce jour-là, quand je rentre à la maison à l'heure du dîner, Jonas et Ariel m'attendent. Ils ont mis du pain de shabbat sur la table avec une serviette dessus et une bougie. Ils portent leur kippa.

« Ce soir on fait shabbat ! » dit Ariel avec joie.

On ne fait jamais shabbat et je n'ai aucune envie de faire

ça ce soir. J'ai passé l'après-midi à ruminer le week-end avec Stéphanie, à me convaincre qu'il fallait que je l'appelle, à ne pas réussir à le faire. J'ai pris conscience que ma peur avait cédé sa place à la rancœur, une rancœur bizarre et boueuse, trop opaque pour que je la comprenne vraiment.

« On ne fait jamais shabbat, on ne sait même pas comment ça se passe, je dis en espérant m'en sortir.

— Tu peux me laisser faire, s'il te plaît ? répond Jonas.

— OK, mais...

— Maman ! s'il te plaît ! »

Je me tais.

« Donc, comme c'est shabbat, je vous propose que l'on fasse une liste de toutes les choses qui nous rendent heureux au milieu d'autres gens. Ensuite, on fera la prière des bougies, des enfants, du pain et on chantera. »

Je m'assois et Jonas dit : « Voilà ce que j'aime quand je suis avec d'autres gens. Aller au restaurant Le Relais de l'entrecôte, parce qu'il y a plein de familles et que les frites sont délicieuses. Les réunions de rentrée à l'école maternelle quand la maîtresse et tous les parents s'assoient sur les petites chaises des enfants et que les grands ne savent pas quoi faire avec leurs genoux. » Je joue le jeu, puisqu'il le faut, et j'ajoute : « Avoir une conversation intéressante ou jouer aux cartes avec un voisin de train qu'on ne connaît pas. Quand quelqu'un essaie de manger le message *joyeux anniversaire* sur un gâteau et que l'on comprend à la grimace qu'il fait que ce n'était pas un message mangeable. » Ariel essaie de prendre un bout de pain, mais Jonas l'en empêche. Ses yeux ont le vert de son pull. Il prend la parole : « Quand la maîtresse nous met des histoires à écouter pendant le temps calme, que l'on est tous allongés et que j'entends la respiration des autres. Le mariage où on a porté la mariée sur une chaise. Quand, à l'école, on joue au gâteau à grandes oreilles avec les copains de la classe. »

J'ai les larmes aux yeux, c'est un peu idiot. Je connais presque tout d'Ariel. Ariel a l'habitude de s'installer sur mes genoux en collant son dos à mon ventre pour ne laisser aucun espace entre nous. Il aime les fontaines, les temples maudits et il a l'habitude de commencer ses phrases par « quand j'habiterai dans mon robot ». Il est toujours poli, il dit s'il te plaît et merci et vouvoie les adultes qu'il ne connaît pas. À cinq ans, il sait presque lire, il déchiffre tout seul mais ne veut pas continuer à apprendre, de peur qu'on ne lui lise plus d'histoires. Il nous parle souvent d'avoir un petit frère et nous n'osons pas lui dire que nous avons trop peur que son petit frère nous pose les mêmes problèmes que lui. Ses couleurs préférées sont le rouge et le noir, ce qui fait que tous ses dessins ressemblent à l'intérieur de l'enfer. Mais ces choses qu'il aime à l'école, je ne les connaissais pas. Je ne savais pas ce qu'il aimait des autres.

J'écoute Jonas réciter les prières qu'il lit sur son téléphone et nous chantons une chanson. On allume une bougie, on découpe le pain. Ariel dit qu'il veut faire ça tous les vendredis.

Quelques jours plus tard, Michelle, ma belle-mère, vient garder Ariel pour la soirée. Elle enlève son manteau dans l'entrée, nous dit bonjour de la main et s'installe dans la cuisine où elle dépose un grand cabas sur la table. Elle sort de son sac des tranches de jambon de Parme et des pruneaux. Elle ouvre les placards pour sortir une assiette et un couteau. Debout, pendant que Jonas lui demande comment elle va, elle enroule le jambon de Parme autour des pruneaux et se fait une rangée de petits rouleaux. Elle n'appelle pas Ariel, elle ne demande pas à l'embrasser. Elle aurait trop peur qu'un jour il dise au père de Jonas : « Tu sais que Nana adore le jambon fumé ? »

Elle reste debout. Elle est dans l'urgence du plaisir transgressif. D'une main, elle met un rouleau dans sa bouche et de l'autre, elle en tend un à Jonas qui lui répond : « Non merci, tu sais moi je peux en manger quand je veux », et on la regarde engloutir trois tranches d'affilée. Jonas lui parle des travaux à venir dans notre copropriété et elle l'interrompt : « Oh là là mais qu'est-ce qu'il est bien ce boucher en bas, et sympa en plus, vous avez de la chance d'avoir un artisan comme ça dans le quartier. » Il ne continue pas son histoire.

Elle ouvre la porte du frigo et se met à vérifier les dates au dos des emballages des desserts. La famille de Jonas a ses propres règles sur la péremption des aliments. Il faut tout jeter une semaine avant la date indiquée. « Après les antisémites, les problèmes de ventre, c'est ce qui nous fait le plus peur », m'a dit Jonas quand je lui ai expliqué que la vraie consigne, c'était une semaine après.

Jonas s'approche d'elle : « Maman, Lucie ne respecte pas tellement les dates », et elle répond : « Elle, elle fait ce qu'elle veut mais vous n'allez pas empoisonner mon petit-fils. » Elle attrape la boîte de Vache qui rit qui sera périmée dans quatre jours pour la jeter, et Jonas la lui prend gentiment des mains pour la reposer, avant de fermer la porte du frigidaire. Je ne sais pas pourquoi il se fatigue, nous savons déjà qu'à la minute où Ariel dormira, elle s'empressera de tout descendre dans les poubelles de la cour pour s'assurer qu'on ne les récupérera pas.

Ariel trottine jusqu'au salon, doigt sur le mur du couloir, et saute sur les genoux de sa grand-mère. Elle l'embrasse, lui demande s'il est content de la voir, il répond oui et sourit. Ses yeux sont verts, ils ont pris la couleur du chemisier de Michelle qui l'entoure de ses bras. Elle lance : « J'ai croisé votre voisin dans l'entrée, celui qui a un chien énorme, il est désagréable, ce monsieur, c'est un des copropriétaires ? » Ariel se fige et descend de sa grand-mère comme si elle venait de prendre feu. Ariel a peur des chiens. Plus particulièrement de l'idée qu'un chien lui bave dessus.

« Tu as touché le chien, Nana ?

— Non, bien sûr que non, enfin je lui ai peut-être caressé la tête en passant. »

Ariel sort du salon, court dans sa chambre et s'y enferme en claquant la porte. À ce moment-là, je pense : mais pourquoi elle a parlé d'un chien, mais je ne dis rien. Jonas essaie d'ouvrir la porte, et je pose ma main sur son bras pour l'en empêcher. Je demande à Ariel ce qui se passe. Il ne veut pas voir sa grand-mère. C'est à cause du chien et Nana a sûrement de la bave sur les mains. Il ne veut pas sortir tant qu'il en reste sur elle. Michelle, entendant tout ça, dit à Jonas tout bas : « Non mais il ne faut peut-être pas exagérer, il ne peut pas tout régenter comme ça, ce gosse », et, très haut pour qu'Ariel entende à travers la porte : « Je me suis lavé les mains en arrivant, mon chéri, tu peux vérifier, elles sentent encore le savon. » Il ne veut pas vérifier mais me demande de le faire. Je me retrouve à faire semblant de renifler les mains de ma belle-mère pour m'assurer qu'elles sont propres et nous sommes tous conscients du grotesque de cette situation, sauf Ariel. Je confirme que les mains sentent le savon, il accepte de sortir et plus personne ne prononce le mot « chien ».

De retour dans le salon, Ariel présente ses excuses à sa grand-mère, puis il prend son cahier et ses crayons de couleur. Il commence par un petit bateau mignon puis dessine autour de la coque de gigantesques vagues rouge sang qui tentent de recouvrir le bateau. Dans le ciel, il trace des éclairs jaunes et des nuages gris foncé menaçants. À la craie grasse, il ajoute une pluie drue et noire, et c'est comme si son angoisse nous attrapait tous au lasso.

Je détourne les yeux, je refuse de me laisser tracter par la noirceur d'Ariel. Ce soir, Jonas et moi dînons dehors avec des copains, nous comptons bien rire et oublier tout ça. Alors que nous nous préparons à partir, Michelle demande à son fils : « Tu t'es inscrit à la salle de sport ?

Tu t'empâtes sérieusement, ce n'est pas un bon exemple pour Ariel. » Jonas répond qu'il va le faire, alors que l'on sait tous que ça n'arrivera jamais. Puis Michelle ajoute : « Il faut au moins te trouver un hobby, tu ne peux pas faire que travailler et t'occuper de ta femme et de ton fils, tu sais comme ça faisait du bien à ton père le tennis. » À cela, il répond : « Maman, j'ai déjà un hobby, je m'assois et je m'inquiète, ça m'occupe suffisamment. » Et puis il embrasse son fils et sa mère et m'ouvre la porte d'entrée, ce *mensch* qui ne s'intéresse qu'à nous.

Jonas ne conduit pas, il est terrifié à l'idée d'écraser un vieux ou pire, un chat, et je suis donc la seule à assurer le transport de la famille dans notre voiture. C'est pour être compréhensible que j'appelle voiture ce qui relève plutôt de la poubelle roulante. Nous l'utilisons de temps à autre pour nous transporter en forêt ou vers la mer. On y trouve des pièces de Lego, des livres perdus, des bonbons écrasés, des kilos de miettes et de vieux gobelets de café. Il y règne une odeur propre aux habitacles délaissés. Elle est cabossée, rayée et son entretien révèle notre rapport à une machine capable de nous tuer : nous ne l'aimons pas et elle n'a rien de sacré.

Il y a quelques mois, nous sommes partis en Bretagne. Le trajet d'un seul tenant ne me tentait pas et nous avions prévu de faire escale chez une vieille amie de ma mère, Annie, que j'ai toujours aimée pour son esprit libre et décalé. J'avais le souvenir qu'elle était une excellente cuisinière. Je me faisais l'idée d'une pause dans un endroit confortable, avec un repas fastueux et des draps qui sentaient bon, pendant qu'Ariel profiterait du jardin et se coucherait à l'heure qu'il voudrait.

La maison se trouvait dans un village de la Manche, c'était une masure en pierre grise avec des fauteuils de style post-Pompidou dans le salon, des casseroles en cuivre accrochées dans la cuisine, des poupées étranges dans des vitrines, des fleurs du jardin dans un vase et un gâteau qui refroidissait sur un plat.

Ariel s'est installé avec ses livres, ses Lego et ses jeux dans le salon et venait de temps à autre prendre des pistaches. Annie, vieille hippie, qui porte des tuniques fleuries, n'avait pas l'accent lorrain des amis de mes parents, ni leurs tics de langage. Elle nous a demandé où nous habitions à Paris puis a dit :

« La tante de Papa avait un immeuble rue de Ponthieu. Elle l'a perdu au casino, en même temps que tout l'argent de la famille, j'ai découvert ça à la mort de Maman. »

J'ai reconnu le Maman dont on sent la majuscule, utilisé par les adultes de ces mondes-là – chez moi on dit « ma mère ». La discussion s'est étirée jusqu'au moment où nous sommes passés à table. Jonas et Annie ont mis le couvert pendant que je lisais une histoire à Ariel dont la tête était posée contre mon épaule, à côté de la cheminée qui imprégnait nos vêtements de l'odeur de fumée. Le cliché pastoral était complet, puisque au-dessus de nos têtes la fenêtre donnait sur une forêt.

Autour de la table, entre l'entrée et le plat, Annie s'est adressée à Jonas : « Tu es ashkénaze ou séfarade toi ? » Je me suis demandé un instant comment elle savait que Jonas était juif, puis je me suis rappelé son visage pendant notre mariage au milieu des kippas, de l'orchestre klezmer et des chaises qui nous portaient en l'air.

« Ashkénaze.

— Ils sont tristes, les Ashkénazes, non ? »

Annie a vécu avec des hommes russes, libanais et italiens, ma mère me dit toujours qu'elle n'aime que les étrangers. Je me suis dit qu'Annie devait connaître le monde, même si sa formulation me semblait trébuchante. Puis, avant que Jonas et moi n'ayons répondu quoi que ce soit, elle s'est lancée : « Un collègue de mon premier mari était ashkénaze, ils partageaient un cabinet médical. Alex lui avait rendu service et sa femme et lui nous ont invités dans leur appartement. C'était un endroit lugubre et sale. Ça me donne la chair de poule rien que d'y penser. Et ils avaient l'air sinistres. Le nez dans leur assiette. Pâlots. Ils parlaient de leurs enfants qui étaient brillants, mais il fallait les voir, les gosses, tous aussi déprimés que les parents. Ils nous avaient servi un dîner horrible, les légumes et la viande qui baignaient dans l'eau... dégueulasse. On avait dû leur retourner l'invitation et heureusement, on s'est arrêtés là après. »

Je suis restée silencieuse. J'ai regardé Jonas. Je l'imaginais faire son calcul. Si Annie a soixante-dix ans et le collègue de son mari aussi, c'était soit un fils de déporté, soit un fils de personne cachée, soit un enfant caché lui-même, et il est quasiment certain qu'une partie de sa famille a été décimée. Peut-être même que le collègue portait le prénom d'un aïeul mort en déportation, comme c'était souvent le cas. Jonas n'a rien dit non plus. Il se tortillait sur sa chaise, se raclait la gorge, puis s'est fermé totalement. Je connaissais cette tête, c'était celle qu'il faisait quand je lui demandais s'il était obligé d'envahir la table du salon avec sa comptabilité, d'écouter son émission aussi fort ou de se servir autant. C'est la tête qu'il fait quand on lui dit qu'il dérange.

J'ai demandé quelle était la spécialité médicale de l'ex-mari d'Annie. Il fallait bien dire quelque chose. Et nous avons poursuivi cette conversation toutes les deux. Jonas ne s'occupait que d'Ariel et je commençais à le trouver impoli. J'essayais de trouver un moyen de lui dire : fais un effort, on en parlera après, quand il est parti coucher Ariel.

Annie préparait le dessert, je me suis excusée pour Jonas, j'ai prétexté une grosse fatigue, une migraine, une décompression de début de vacances. Elle m'a redit son plaisir de nous accueillir et nous avons attendu Jonas pour finir le repas. Il a fini par descendre nous rejoindre, toujours distant et mutique.

Le lendemain, nous sommes partis aux alentours de 10 heures, après avoir emmené Ariel se promener dans la forêt voisine. Annie lui parlait des champignons, nous faisait remarquer que cet enfant s'intéressait à tout et qu'elle était impressionnée par ce qu'il savait. Jonas m'a murmuré : « Ah bon, il n'a pas l'air déprimé lui ? »

Annie nous a accompagnés jusqu'à notre voiture et, par la fenêtre, je lui ai fait de grands signes de main destinés à compenser le visage maussade de Jonas. Nous avons quitté son village, je suivais le chemin sur le GPS qui m'a fait traverser Pontorson.

« C'est marrant comme l'antisémitisme est ancré chez ces vieilles familles bourgeoises, a dit Jonas.

— Tu parles d'Annie ?

— Évidemment.

— À mon avis elle n'est pas antisémite, elle est juste ignorante.

— Ah bon ? À *ton* avis ? »

Il a tellement amplifié ce *ton* que j'ai senti le mot gonfler dans l'habitacle et m'écraser le visage contre la vitre jusqu'à m'étouffer complètement.

« Pourquoi ? Il n'y a que toi qui peux dire qui est antisémite et qui ne l'est pas ?

— Pour l'instant oui, ensuite Ariel pourra.

— Ça me fatigue ce genre de truc, Jonas.

— Je suis désolé que ça *te* fatigue.

— Donc Annie est antisémite ? C'est pour ça que tu as été aussi impoli ?

— Les juifs tristes, sales, dans leur logement lugubre et mal éclairé, qui ne savent pas recevoir... ça ne te choque pas ?

— J'avais juste l'impression qu'elle ne comprenait pas pourquoi ils pouvaient être tristes. »

Jonas a ouvert sa fenêtre, malgré le crachin qui tombait.

« Non, elle a repris toutes les descriptions antisémites, Lucie. On aurait dit qu'elle décrivait Fagin. Il ne manquait que les doigts crochus. »

J'ai réfléchi assez longtemps pour comprendre qu'il avait raison.

« Elle a fait des réflexions quand je suis parti ?

— Non, je me suis excusée pour toi. »

Jonas s'est tourné brutalement, il devait avoir l'air furieux mais j'étais concentrée sur la route.

« Tu t'es *quoi* ? » il a demandé.

— Je me suis excusée pour toi.

— J'espère que tu plaisantes.

— Tu n'as pas décroché un mot de toute la soirée et tu as disparu pendant une heure.

— Est-ce que tu comprends ce que ça fait d'être invité chez quelqu'un qui se met à essentialiser ton peuple et qui tu es, alors qu'on ne lui a rien demandé ? Est-ce que je lui ai demandé : "Annie, vous avez déjà rencontré des juifs tristes ?" Non. Et tu t'excuses pour moi ? Je ne veux plus jamais que tu t'excuses pour moi, tu m'entends ? »

J'entendais. J'entendais aussi Ariel demander : « C'est quoi antisémite, papa ? » J'ai regardé Jonas en écarquillant les yeux, l'air de dire voilà, bravo. J'avais une image terrifiante de Jonas se mettant à lui parler des Égyptiens, d'Isabelle la Catholique, de Dreyfus, des nazis, du Hamas, et lançant la chanson « Nuit et brouillard » de Jean Ferrat sur l'autoradio. *Ils étaient vingt et cent ils étaient des milliers / Nus et maigres tremblants dans ces wagons plombés / Qui déchiraient la nuit de leurs ongles battants...* C'est quoi leurs ongles battants, papa ? Il pleuvait pour de bon. Il y avait des camions partout. J'avais défendu une vieille amie de ma mère contre Jonas, il m'en voulait et il avait raison.

« Papa, c'est quoi antisémite ? »

J'ai répondu parce que Jonas ne disait rien : « Ce sont des gens qui disent des choses méchantes sur les juifs, volontairement ou non. »

Jonas s'est pris la tête dans les mains et a crié : « Oh putain mais c'est pas vrai ! » Puis il s'est tourné vers son fils : « C'est un sujet de grandes personnes. On en parlera quand tu seras plus grand.

— Oui mais c'est quoi ?

— Ce sont les gens qui n'aiment pas les juifs ou pensent qu'ils sont différents et devraient être traités différemment.

— Je veux plus être juif. »

Je n'avais pas besoin de regarder Jonas pour savoir quelle tête il faisait. Je cherchais une plage pour que l'on puisse parler tranquillement. J'ai dégoté une aire de jeux qui donnait sur le Couesnon qu'on voyait glisser vers le Mont-Saint-Michel. Nous sommes sortis. J'ai essayé de prendre Jonas par la main et il m'a repoussée. Ariel est sorti de la voiture et pendant quelques secondes nous avons oublié le risque de sa présence sur une aire de jeux. Heureusement, sans doute parce que le temps alternait entre brume, crachin et pluie, il n'y avait personne. Nous l'avons laissé courir vers le toboggan, tremper et salir ses vêtements et j'ai présenté mes excuses à Jonas. Les plus sincères possibles.

« Ce n'est pas ta faute et je ne t'en veux pas. Mais s'il te plaît, ne prends pas pour réflexe de me contredire quand je te dis que quelque chose est antisémite.

— OK.

— T'imagines si moi je faisais ça quand tu me parles de propos ou d'attitudes sexistes qui te choquent?

— J'ai compris.

— Si je te disais : "Oh je pense que si Jean-Marc te mate les seins pendant les réunions c'est parce qu'il a été mal éduqué et qu'il est ignorant"?

— Jonas, j'ai compris.

— OK.

— On y va?

— Oui. »

Je n'ai rien dit à ma mère, je n'ai pas osé. Au fond, j'avais peur qu'elle réagisse comme je l'avais fait et de ne pas savoir expliquer le problème.

Le dimanche précédant Pessah, alors que Jonas devrait vider nos placards de toute trace de farine, de pain ou de pâtes, il dessine un golem.

Pendant cette semaine de Pâque juive, Jonas est censé ne pas toucher un produit fait à partir de blé levé ou fermenté. Il ne doit rester aucun aliment de ce type dans la maison, même si nous ne le consommons pas. Tout doit être trié, jeté ou descendu à la cave et les placards doivent être nettoyés et aspirés. Dans quelques jours, Jonas dira à ses parents qu'il y a passé des heures, que c'était un ménage de l'esprit autant que de la cuisine et il parlera du plaisir retrouvé de manger du pain azyme, des matsot. Alors qu'en réalité il aura commandé un hot dog au déjeuner et passé le week-end à glander.

Pessah est la célébration de la sortie des juifs d'Égypte derrière Moïse, de la fin de l'esclavage, de la traversée du désert. Le rapport avec le blé est symbolique. Les Hébreux sont partis si vite d'Égypte qu'ils n'ont pas eu le temps de faire lever leur pain. Comme le résume Jonas : « Moïse a été pris d'une conscience de classe fulgurante et depuis on se débarrasse de nos miettes une fois par an. »

Jonas dessine le golem qui est, d'après lui, le vrai héros de Pessah. Moïse a eu beau séparer la mer en deux, il reste un bourgeois plein de la confiance en soi qui va avec son éducation. Il a été plus longtemps fils de roi et leader d'hommes qu'esclave hébreu. Alors que le golem, parce qu'il est né de la boue du ghetto, est un frère. Tout en le dessinant, Jonas raconte l'histoire du golem à Ariel.

L'histoire se passe à Prague, dans le ghetto juif. Dans le ghetto, tout le monde a une mission, il y a le boulanger, le tailleur, la marieuse et le rabbin qui est sage et que tout le monde écoute. Il y a aussi un banquier, très pieux et généreux qui s'appelle Eliezer. Un jour, un méchant comte, qui ne vit pas dans le ghetto mais chez les riches de Prague, se présente dans la banque d'Eliezer pour lui demander de lui prêter beaucoup d'argent. Eliezer refuse parce qu'il a déjà beaucoup prêté au comte et que celui-ci ne l'a jamais remboursé. Le comte part très énervé en promettant de se venger.

Quelques jours plus tard, des policiers viennent chez Eliezer pour l'arrêter. Ils l'accusent d'avoir enlevé la fille du comte pour en faire des matsot de Pessah (Ariel rit). Le comte a plusieurs témoins qui accusent Eliezer. Le rabbin, apprenant cela, comprend que le comte essaie de piéger Eliezer pour se venger. Il court voir les policiers mais personne ne l'écoute. Il va chercher des voisins pour qu'ils disent qu'Eliezer est gentil, qu'il prie beaucoup, qu'il s'occupe de sa femme et de ses enfants sans faire de problèmes à personne, mais personne ne l'écoute. Alors le rabbin se prend la tête dans les mains et cherche une solution.

Une nuit où le rabbin réfléchit, on sonne à la porte. L'homme sur le perron se présente comme un envoyé de Dieu et il explique au rabbin que dans le passé, quand les juifs avaient besoin d'aide, ils fabriquaient un golem, un géant d'argile, pour qu'il les sauve. Le rabbin répond qu'il ne sait pas fabriquer un golem et l'étranger lui donne la recette. Quand il part, le rabbin parvient à trouver le sommeil et au réveil il demande à son servant d'aller chercher des kilos d'argile dans une carrière. Le servant s'exécute et cache l'argile dans le grenier de la synagogue.

Tout doucement, sans se faire voir, le rabbin monte dans le grenier, commence à travailler l'argile et demande l'aide de Dieu pour fabriquer le colosse. À la fin de la journée, il s'essuie le front et contemple son travail. Le colosse a une grosse tête, de grosses mains et de grands pieds. Il pense à ce que lui a dit l'étranger et il écrit sur son front *emet* qui veut dire « vérité » en hébreu. Le golem ouvre alors de grands yeux d'argile et se lève. Il est vivant. Il est trois fois plus grand que le rabbin qui doit lever le menton très haut pour lui parler. Le rabbin lui dit : « Golem, tu dois retrouver la fille du comte et l'amener aux policiers pour prouver qu'Eliezer est innocent. » Le golem hoche la tête et quelques heures plus tard, la petite fille est retrouvée, Eliezer libéré et le comte et ses faux témoins emprisonnés. Les juifs du ghetto de Prague passent un très joyeux Pessah, en remerciant Dieu de leur avoir envoyé le golem.

Après la fête, le rabbin demande au golem de se baisser pour qu'il puisse effacer la première lettre sur son front. Il ne resterait alors, sur sa tête, que le mot *met* qui signifie « mort » et le golem s'éteindrait. Le golem comprend et refuse. Le rabbin essaie de lui expliquer que c'est pour l'endormir et qu'il le réveillera si les juifs du ghetto ont à nouveau besoin de lui. Le golem fait non avec la tête.

Le golem change alors de comportement. Il n'écoute plus. Il demande à manger et à boire. Il veut écouter de la musique. Le matin, en quittant son lit, il fonce vers l'école où il veut apprendre à lire et compter. Sur son passage, les gens partent en courant. Le golem est immense et les terrifie. Il se dandine en laissant pendre ses grands bras qui blessent les animaux ou les hommes sur son passage, il s'en rend à peine compte. Et puis, il est très maladroit et ses gigantesques poings cassent tout ce qu'il croise. Les enfants de l'école ne veulent pas qu'il s'assoie avec eux de peur qu'il ne les frappe en se retournant ou qu'il fende le pupitre en s'appuyant dessus pour écrire. Le golem se fiche de la peur qu'il inspire et continue à venir à l'école, à se servir à manger et à aller écouter les musiciens.

Des habitants du ghetto se présentent chaque jour au rabbin pour lui demander d'arrêter le golem.

Un jour où le rabbin lui demande encore de se baisser, le golem prononce ses premiers mots. Il dit : « Je ne veux pas être un golem », puis : « Je ne veux plus que les gens aient peur de moi. » Le rabbin répond au golem qu'il est un golem par la volonté de Dieu et qu'il va demander aux juifs du ghetto de ne plus crier quand ils le voient.

Dans la maison du rabbin vit Myriam, une domestique, qui elle est toujours gentille avec le golem et lui sert à manger quand il a faim. La voyant se servir un verre d'eau, le golem lui dit : « Myriam belle », en riant elle lui répond : « Je te plais, golem ? », et en la regardant de très près il lui dit : « Myriam femme golem », et le golem est heureux. Le rabbin, qui comprend que le golem est amoureux de Myriam et qu'il l'écoutera si elle lui demande quelque chose, va la voir et lui ordonne de l'aider à effacer la lettre sur le front du golem. Myriam refuse parce qu'elle aime le golem comme il est.

Un soir où Myriam prépare la table, le golem remarque

une bouteille de vin et demande à goûter. Avant qu'elle ait pu répondre, il descend la bouteille en une gorgée et en demande encore. Myriam a beau le prévenir qu'il peut être dangereux de boire trop de vin, le golem boit toutes les bouteilles qu'il trouve dans la maison et finit par s'évanouir, complètement ivre. En entendant le bruit de sa chute et en sentant la maison trembler, le rabbin accourt et découvre le golem allongé sur le sol. Il s'approche de son front et efface le *e* du mot *emet,* ne laissant que la mort sur le front du golem. Il récite alors le kaddish qui couvre les pleurs de Myriam.

Ariel demande : « Le golem est mort pour de vrai ou il peut revenir ?

— Il est seulement endormi, il reviendra quand on aura besoin de lui, répond Jonas.

— En fait le golem voulait être un vrai humain, être marié et faire de bons repas, comme papa », conclut Ariel.

Et puis il part jouer dans sa chambre.

J'assiste à tout cela du canapé, où je bois un thé, un bouquin à la main. Je n'arrive pas à lire les mots devant mes yeux, mes pensées dérivent vers Prague et le géant d'argile, qui ressemble à mon fils avec ses grands bras qui frappent maladroitement les enfants qu'il fait partir en courant.

La glaise d'Ariel ne vient pas des carrières, mais de l'amour d'un juif qui s'est marié contre les siens et d'une catholique fautive de mal comprendre les peurs de l'homme qu'elle a épousé et de celui qu'elle a fait naître. La glaise d'Ariel est un bourbier de culpabilité.

Ses poings ne se sont pas déchaînés par l'action d'une prière mais par le rejet des rabbins pour son identité contrariée, par cet antisémitisme qui n'en finit pas de renaître et dont nous ne pourrons jamais le protéger. Il essaie de se défendre, de nous défendre, mais il frappe au hasard et au mauvais endroit. Il voudrait mettre ses gros poings dans ses poches, sa colère dans la Seine. Il voudrait s'asseoir à l'école sans que personne s'enfuie. Il rêve d'une vie normale. Mais les enfants et les adultes ont peur de lui, on aimerait qu'il s'arrête, qu'il s'éteigne. Il n'a rien à faire là, il appartient aux histoires d'un monde qui n'existe même plus.

En lui donnant la vie, nous avons écrit un mot sur son front, un mot que nous ne savons pas effacer.

Je me lève et je rejoins Jonas qui utilise le crayon marron d'Ariel pour colorier son dessin.

« Ça t'évoque quoi, un colosse trop grand, hors de contrôle, qui terrifie tout le monde et qu'on ne peut pas éteindre ? je demande.

— Tu parles d'Ariel ? Ariel est le golem ? répond Jonas.

— Pas vraiment, parce qu'il n'a pas été créé par un rabbin mais par un juif et une *shikse.* C'est un golem à moitié goy.

— Le *Goylem* », conclut Jonas.

Le Goylem.

Ce colosse intranquille qui voulait être comme les autres.

Il pleut sur le chemin de notre troisième séance avec Françoise. Ariel est caché sous un parapluie transparent avec des grenouilles dessus. Il avance à très petits pas. La pluie mouille mes chaussures et mon cou. Je lui demande d'accélérer. Je m'agace. Je menace de lui prendre le parapluie s'il n'avance pas plus vite. Il râle, je le tire par le bras.

Nous sommes trempés, froids et bougons en entrant dans la salle d'attente. Pourtant, j'ai passé la matinée à attendre ce rendez-vous. Je sèche Ariel comme je peux. Il regarde un livre et je convoque les idées que j'avais prévu de présenter à Françoise. Ariel est le Goylem, est-ce que ça n'explique pas tout ? Il a été extirpé d'un conte du shtetl, c'est un descendant du pire, il est avec nous pour nous le rappeler et nous défendre.

Quand elle ouvre la porte, je me lève d'un bond et fonce dans son bureau, prête à m'asseoir face à elle. D'habitude j'accompagne Ariel jusqu'à la porte de son cabinet, en prenant bien soin de ne pas y entrer. Elle me demande si je veux lui parler de quelque chose avant de commencer la séance.

« Oui, il y a des choses que je voudrais vous préciser sur l'histoire d'Ariel.

— Je vous écoute.

— Je pense qu'il faudrait travailler la question du traumatisme transgénérationnel. Je me demande si toute son agressivité n'est pas liée à ça, à ce qui est arrivé à la famille de Jonas. S'il n'y a pas une violence, une revanche, une envie d'en découdre ou de se protéger.

— Hmmmm.

— Aussi, Jonas et moi formons un couple mixte et c'est une source de conflits, notamment sur l'identité d'Ariel.

— Hmmmm.

— J'imagine que c'est utile pour le bilan, non?

— Écoutez, on en parlera plus en détail lors de la restitution.

— Peut-être que je pourrais vous l'écrire, j'y ai beaucoup réfléchi.

— Non, ce ne sera pas nécessaire, pour l'instant les tests sont plutôt éclairants. »

Et elle me congédie.

Elle n'a pas envie de m'écouter, elle n'a même pas voulu faire semblant. Elle aurait pu me laisser lui envoyer un e-mail et ne jamais l'ouvrir, mais il a fallu qu'elle me signifie ouvertement qu'elle s'en fout.

Cette fois je ne reste pas dans la salle d'attente. Dehors, il ne pleut plus et, sur le trottoir, j'envisage de fumer. Je fume très peu, lors des dîners, des soirées ou si je dois parler en public. J'imagine que Françoise n'a jamais besoin de fumer, qu'elle boit de l'eau et respire par le ventre. J'ai peur de sentir la cigarette pour le reste de la journée, d'avoir cette odeur sur les cheveux et les doigts. J'ai aussi envie de boire du gin mais si je commence à boire de l'alcool fort à 13 heures, je donnerai des billes à ce putois de Françoise.

Je voudrais appeler Jonas mais je sais qu'il va être raisonnable. Il va me dire que c'est le rôle de Françoise de contrôler les séances, que c'est un travail qu'elle fait avec Ariel, pas avec nous, qu'elle sait ce qui est utile ou pas. Autant parler avec un curé. Autant parler avec Françoise.

Je vais appeler ma mère. Ma mère comprendra.

Elle répond au bout de trois sonneries et je lui raconte ce qui s'est passé. Ma grande théorie, le Goylem, Françoise et son arrogance. Elle me répond : « Tu sais ce que je pense de tout ça...

— De tout ça quoi ?

— Ariel est juste un gosse, vous êtes en train de faire un drame de rien du tout.

— Mais, maman, il tape tous les enfants qu'il croise !

— Mais et alors ? Ça va lui passer, c'est une phase. Vous avez un gamin qui sait se défendre, qui n'a pas peur, qui fonce. Il y a des adultes qui passent des années à apprendre à faire ce que fait Ariel, à ne pas se laisser marcher dessus.

— Mais personne ne lui marche dessus, c'est dans sa tête, c'est ça le problème.

— Oui, eh bien, un jour ce sera pour de vrai et il saura réagir. En plus il est intelligent, ce gosse. Je ne comprends pas le problème. La dernière fois à la radio, ils passaient un truc de Chopin ou quelqu'un du même genre, tu sais que j'y connais rien, eh ben, Ariel m'a dit : "C'est quoi ça, mamie ? C'est lugubre !" Lugubre. Et vous voulez le changer...

— Je ne veux pas le changer, je veux l'apaiser.

— Non. Tu veux le changer pour avoir la paix au milieu de tes petits copains bourgeois. Tu dois arrêter cette rengaine. Oh-pauvre-de-nous-notre-fils-est-intelligent-et-il-n'a-pas-peur-d'attaquer.

— Tu es en train de décrire les qualités requises pour envahir la Pologne.

— C'est une blague de Jonas, ça?

— Non, je...

— On dirait les petites blagues de Jonas. Ça lui va mieux qu'à toi. Écoute, j'ai autre chose à faire de mes journées que t'écouter comparer ton gosse de six ans à Hitler, franchement.

— Je voulais pouvoir me plaindre auprès de ma mère, tu pourrais...

— Je pourrais quoi? T'écouter geindre? Écoute, ma chérie, grandis, tout ne t'arrive pas à toi, tout n'est pas contre toi. Ariel mérite mieux que ça. On t'a élevée mieux que ça. Tête haute, Lucie.

— Mais...

— Je te laisse, ton père a faim et moi aussi. »

Je vais m'acheter un paquet de clopes, tout le monde m'emmerde. Quand je récupère Ariel, il dit que je sens bizarre et je m'en fous.

Le soir qui suit cette troisième séance, Ariel dort chez mes beaux-parents. Jonas et moi dînons dans un restaurant de type néo-bistrot où l'on vous sert des poireaux au four avec des morceaux de noisettes dessus et des mousses au chocolat avec du céleri confit. Il y a des fruits dans les entrées et des légumes dans les desserts, il faut prétendre que c'est normal et taper dans les mains. Jonas et moi allons parfois dans ce genre d'endroit, allez savoir pourquoi.

Je lui parle de Françoise, et il me dit qu'il serait plus juste de l'appeler moufette que putois. Je refuse à cause du côté charmant de « moufette » avec son *-ette* final. Jonas m'explique qu'en linguistique, un mot qui exprime une intention affectueuse s'appelle un hypocoristique. Cette façon qu'il a d'attraper son encyclopédie sur l'étagère et d'en faire la lecture quand personne ne le lui demande me donne envie de lui filer un coup de pied sous la table. Je lui parle de ma théorie sur le Goylem.

« Je pense que les nazis et ton père ont détraqué Ariel et l'ont transformé en créature de Frankenstein juive.

— Frankenstein *est* juif, Lucie.

— Oui mais avec la matrilinéarité, sa créature ne l'est pas ! Il a été créé par un homme !

— Sauf à considérer que le parent de la créature n'est pas le docteur mais chacun des morts sur lesquels on a prélevé des morceaux, et là c'est tout un travail de recherche pour démêler qui est une femme, qui est juif et qui ne l'est pas.

— Jonas ! On peut parler sérieusement ?

— Oui, donc les nazis et mon père... Bon, mon père est forcément responsable d'un truc et les nazis, c'est un peu facile, tout le monde leur met toujours tout sur le dos...

— J'essaie de te parler sérieusement. Tu sais que le traumatisme d'un génocide peut modifier le cerveau des enfants de survivants ?

— Ça aurait affecté le cerveau d'Ariel, même sans qu'on lui en ait parlé ? Ça l'aurait transformé comment ?

— Ça l'a fait naître avec l'envie de se défendre. En fait, ça se transmet génétiquement...

— Donc Ariel a en lui les gènes de la Shoah, c'est ça ta théorie ?

— Oui. Après, tu aurais pu éviter de l'endormir pendant des mois avec la musique de *La liste de Schindler*, ça n'a rien dû arranger.

— Ce n'est pas la musique de *La liste de Schindler*, c'est "Zog nit keynmol", le chant officiel de la résistance du ghetto de Varsovie. »

Je sais très bien ce qu'est « Zog nit keynmol », c'est très efficace si vous avez besoin de faire pleurer des pierres.

« De toute façon, c'est à toi qu'il ressemble, bien sûr qu'il a récupéré tes petits gènes traumatisés, j'ajoute.

— Il a mes cheveux, mais Ariel c'est toi, répond Jonas.

— N'importe quoi.

— Le côté timbré, je ne supporte rien, tout m'agresse, c'est toi, Lucie.

— C'est ça que tu vas dire à Françoise ?

— Tu te souviens qu'elle est là pour nous aider ? Qu'elle est de notre côté ?

— Elle va s'en servir pour dire que tout est ma faute, puisqu'elle ne croit pas à ma théorie sur les nazis.

— On est d'accord que tu ne fais pas exprès d'être bizarre et d'avoir peur des autres ?

— Non...

— Alors, ce n'est pas ta faute.

— Surtout, j'ai progressé.

— Mouais. »

En vérité, je n'ai pas peur des autres. Simplement lorsque je vais mal, leurs bruits, leurs silences, leurs façons de se déplacer, leurs opinions et tout ce qui leur est propre, tout me fait penser à la mort et m'angoisse. Je ne sais pas entendre des phrases toutes faites ou des idées éculées sans penser au rocher de Sisyphe, condamné à la même chute. Je ne sais pas supporter les bruits dérangeants de plastique qu'on ouvre, de chips qu'on fouille ou de nourriture que l'on mâche sans penser que c'est comme ça que commencent les génocides, par l'indifférence au mal qu'on fait. Je ne sais pas croiser un regard sans me sentir forcée à l'intimité de l'autre.

Je voudrais n'être agacée de rien, je ne supporte pas d'être insoluble au monde, de ne pas savoir m'y couler, de n'être qu'un rocher planté dans la rivière, terne et figé. Je déteste regarder le courant, juger de sa houle ou de son indolence. Je voudrais être l'un des morceaux de bois qui se laissent voguer jusqu'au fleuve et qui accueillent avec joie l'arrivée vers la mer.

Jonas sait tout cela. Il sent la tension dans mon corps, il voit mes sourcils qui se froncent, mes yeux qui regardent le plafond, il entend mes soupirs. Alors quand je lui dis que je suis en constant progrès, il se ressert un verre de vin, en boit une gorgée, me regarde et dit « mouais ».

Jonas, lui, exprime sa singularité en s'inquiétant. Il suit l'actualité en permanence, prêt à faire nos valises sur-le-champ. Si son portable n'a plus de batterie, il est persuadé que quelque chose va nous tomber dessus par surprise. Quand on s'est posé la question d'acheter un appartement et d'utiliser nos économies comme apport, il m'a dit : « Si on n'a plus rien de côté, on ne pourra pas se réinstaller ailleurs s'il faut s'enfuir en urgence. » Si nous sommes en train de vivre un moment agréable et que je lui dis : « C'est sympa non? », il ouvre de grands yeux comme si je risquais de tout détruire, comme si je venais de souffler sur son château de cartes. Lorsque nous arrivons quelque part, quel que soit l'endroit, la première chose qu'il dit est : « J'espère que ce n'est pas fermé. » Il me l'a dit quand nous sommes arrivés aux urgences de la maternité pour la naissance d'Ariel. Et je ne parle pas de son angoisse que les choses qu'il mange puissent être périmées.

Jonas est un mélange de deux blagues de sa tante.

C'est l'histoire d'un mari qui balance des bouts de pain sur le carrelage de sa salle de bains. Sa femme lui demande ce qu'il fait, il répond : « C'est pour faire fuir les éléphants. » Elle lui dit qu'il n'y a pas d'éléphants chez eux et il répond : « Ah, tu vois que ça marche. »

L'autre est l'histoire d'une femme qui lit dans son salon. Elle se fait surprendre par un cocktail Molotov qui traverse sa fenêtre et atterrit sur sa table basse. Elle se dit : C'est ma faute, je ne m'étais pas assez inquiétée.

Bien sûr qu'Ariel tient de lui. Et Jonas tient de ses parents. Et ses parents des leurs. Ils ont leurs raisons.

Je le laisse dire qu'Ariel ne tient que de moi parce qu'il est 21 h 30 et que je rêve de demander l'addition, de tenir la main de Jonas dans la rue, de l'embrasser sur un pont, d'aller au Caveau de la Huchette, de danser et de mettre ma tête sur son épaule comme si tout était déjà arrivé et qu'il ne restait qu'à se reposer. Je le lui dis et nous sortons jusqu'à ce que les fenêtres de Paris s'éteignent, juste avant que les éboueurs ne commencent à nettoyer la fête.

Ma mère passe le week-end avec nous. C'est un dimanche matin joyeux et nous nous dirigeons vers le Jardin des Plantes. Sur le trajet, Ariel veut regarder chaque vitrine, ce qui m'irrite toujours sans que je sache pourquoi. Quelle urgence avons-nous à aller nous emmerder au parc ?

À l'entrée du jardin, après la grande galerie de l'Évolution, mon regard se perd un moment sur les parterres de plantes multicolores, les serres d'acier et de verre et l'esquisse de Seine, au loin, derrière les grilles en fer forgé. Jonas et Ariel foncent vers le labyrinthe, un espace à l'abri des regards, qui grimpe vers une gloriette. Des passages y sont sculptés au milieu d'arbres et de troènes, ils relient des allées en spirale. Jonas va y improviser un jeu de piste pour Ariel, plein d'énigmes et de jeux avec, à la clé, un trésor (un petit sac rempli de bonbons). C'est un moment privilégié, où je n'ai pas ma place. Ils créent des personnages avec des points de force, font rouler un dé imaginaire et se baissent dans les passages en se prétendant chargés d'une quête trop lourde pour eux.

Ma mère et moi nous installons sur un banc face à la roseraie. En regardant passer les familles et les joggeurs, nous revenons sur notre conversation des jours précédents. Je lui reparle des tests que passe Ariel et elle me redit ne pas comprendre nos inquiétudes. Ma mère vient d'un monde où la violence des hommes est normale, où cette réponse est attendue, même si elle est contestable. Elle ne le dira pas comme ça. Elle ne dira pas : il faut des Ariel en temps de guerre et tu n'aurais pas voulu d'un machin malingre qui se fait maltraiter sans réagir, mais elle le pense. Ma mère a épousé un homme qui joue, qui boit et qui tue des bestioles dans des forêts. La virilité, dans sa bestialité et dans son nihilisme, est son quotidien. Son féminisme n'intègre pas la violence des hommes comme structurelle, elle ne voit pas ce qu'Ariel perpétue.

Je lui dis ma gêne d'avoir engendré un homme brutal. Elle trouve que je dramatise, que le féminisme moderne me bousille le cerveau, qu'en culpabilisant les mères de la violence de leurs fils, on les oppresse. Elle dit : « "Éduquez vos fils", c'est la même connerie qu'"allaitez parce que vous le pouvez", une nouvelle façon de tout nous coller sur le dos. » Et comme ça, ma mère me soulage. Je ne sais pas ce qu'il adviendra de moi le jour où elle partira, si je serai capable de vivre dans un monde qu'elle n'allège plus pour moi.

Elle me raconte son déjeuner, la veille, avec ma belle-mère et l'exposition qu'elles ont vue à la Maison européenne de la photographie.

« Tu sais que le père de Jonas est un sacré con.

— C'est un peu sévère.

— Il a dit à sa femme qu'Ariel est déséquilibré parce que son statut n'est pas clair.

— C'est-à-dire, pas clair ?

— Parce qu'il grandit sans savoir vraiment qui il est, parce qu'il n'est ni juif ni catholique, et que c'est bizarre.

— Il est circoncis et n'a jamais mis les pieds dans une église.

— Oui, je te dis c'est un con. »

Ariel, comme tous les mystères, laisse chacun libre de lui trouver une explication. Je le vois arriver en courant vers le banc.

« Maman, j'ai réussi à trouver le trésor, je l'ai volé à Jörmungand !

— C'est qui, Jörmungand ?

— Mais maman, c'est le serpent monde.

— Ah, le serpent monde...

— Il est si grand qu'il entoure complètement la terre et finit par mordre sa queue.

— Et comment tu as fait pour lui voler son trésor ?

— Ben, j'ai répondu aux énigmes et j'ai suivi les indications.

— Et pourquoi tu lui as volé son trésor à ce serpent ?

— Mais parce qu'il l'avait volé le premier, moi je suis un justicier, je vais rendre le trésor à ceux à qui il l'a pris.

— Tu vas rendre les bonbons alors ?

— Jamais de la vie ! »

Ensuite il part en courant pour retrouver Jonas qui arrive sans se presser. Ma mère et moi nous levons de notre banc et nous cheminons tous ensemble vers l'école de botanique et ses petits bassins. Nous cherchons les grenouilles dans l'eau vaseuse et tombons sur une portée de canetons à peine nés. Leur mère est allongée, la tête dans une aile, au centre du rectangle d'eau. Elle est nichée sur un tas de roseaux aplatis et regarde d'un œil ses canetons qui montent sur le rebord, sautent dans l'eau puis sortent et recommencent. À côté de nous, un souterrain qui mène à un jardin alpin que j'ai toujours trouvé inquiétant. Un endroit où tout est petit et sec et où les visiteurs font figure d'intrus.

La cane se lève, s'ébroue et quitte le bassin pour se promener dans les allées, suivie de près par ses canetons. Ariel constate qu'elle ne fait pas très attention à eux, mais qu'elle se retourne quand même pour être sûre qu'ils la suivent. Le groupe de canards plonge dans le rectangle d'eau suivant, qui se trouve à quelques mètres.

Du souterrain qui m'inquiète sortent un père et son fils. Le garçon nous voit et nous montre du doigt. Je reconnais Teddy, ce gamin qui m'avait alpaguée dans la cour pour me rapporter les bêtises d'Ariel. Il tient sous son bras un ballon de foot. Ariel ne lève pas la tête, il regarde les canetons plonger dans le bassin, leurs fesses en l'air et le bec au fond de l'eau. Teddy lance : « Salut, Ariel », et, par sécurité, Jonas tient Ariel par le bras. Notre fils répond : « Salut, Teddy, regarde, il y a des bébés canards ! » Jonas ne le lâche pas.

Les enfants regardent les canetons en riant puis le père de Teddy lui annonce qu'il est l'heure d'aller jouer au ballon. Ariel n'a pas de ballon, nous n'en avons pas apporté. À partir de là, tout est possible. Ariel fronce les sourcils en regardant le père en short et baskets, le genre de père qui dépose son fils à l'école en tenue de sport, prêt à enchaîner sur un footing. Jonas porte un pantalon en velours côtelé et des mocassins, il est le genre de père qui dépose son fils à l'école dans son pull irlandais, prêt à enchaîner sur un chocolat chaud. Ariel fixe le ballon. Jonas le tient fermement.

Teddy prend la main de son père, puis il se tourne vers moi et me dit : « Tu sais qu'Ariel fait tout le temps des bêtises ? » Mon fils serre les poings. Il se met à grogner bruyamment en dévisageant Teddy, ses yeux sont gris et agressifs. « Tu vois, regarde ! Il grogne ! » ajoute le garçon, et Ariel se met à crier : « T'es méchant, c'est toi le méchant ! Tu laisses ma maman ! » On commence à nous regarder. Le père opère un départ en entraînant son fils. Ma mère intercepte le gamin : « Tu aimerais qu'Ariel te dénonce à ton père, toi ? Ouste, file t'entraîner au foot, personne n'aime les rapporteurs. » Le père embarque son fils sans oser répondre à ma mère, cette vieille trotskiste autoritaire.

Ils sont à quelques mètres quand elle me demande : « C'est qui ce gamin ? Ils faisaient quoi ses grands-parents en 40 ? Ils vendaient du beurre aux Allemands ? » Jonas rit et je regarde à droite et à gauche pour m'assurer que personne n'a rien entendu.

Je n'ose pas poser le mot « diagnostic » sur cc que nous attendons de Françoise. Si nous sommes chanceux, elle identifiera une cause, un fait générateur et nous pourrons changer les choses, sinon on repartira aussi pauvres qu'en arrivant.

Quand je viens chercher Ariel à l'école pour cette dernière séance, je suis anxieuse et impatiente. Il trotte jusqu'à moi, fait un signe de main à Marthe la gardienne et me tend un éventail qu'il m'a fabriqué. C'est une feuille rouge et noir pliée en accordéon et collée à une cuillère en bois. Je me baisse à la hauteur d'Ariel pour l'admirer. Puis je l'utilise pour m'éventer comme une danseuse andalouse sur le trajet jusqu'au métro. Il est fier.

En arrivant devant l'immeuble de Françoise, nous retrouvons Jonas qui trépigne sur le trottoir. Nous montons jusqu'au cabinet, Ariel touche les parois de l'ascenseur et nous parle des clous qui fixent le tapis rouge sur l'escalier. Elle vient nous chercher dans la salle d'attente à l'heure exacte de notre rendez-vous et nous nous installons sur le canapé en face d'elle. Ariel sort ses constructions du meuble où Françoise les cache. Elle commence en disant : « bon », comme souvent les gens qui veulent annoncer quelque chose. Elle nous explique que, pour réaliser ses tests, elle a commencé par évaluer l'intelligence d'Ariel avec un test de QI et qu'ensuite elle lui a fait observer des images.

Jonas et moi rions depuis toujours des adultes qui font tester leur intelligence ou celle de leurs enfants, en prétendant que c'est un problème d'être trop intelligent. Dans mon monde, être brillant vous donne le meilleur travail, la meilleure maison et la possibilité d'épouser quelqu'un de plus beau que vous. Dans le monde de Jonas, être trop intelligent ça n'existe pas. Jonas dit que la femme qui a inventé la phrase « trop intelligent pour être heureux » aurait dû pousser plus loin son idée et produire à la chaîne des badges « trop intelligent pour faire la vaisselle », « trop intelligent pour jeter son mégot à la poubelle » ou « trop intelligent pour dire merci ».

Alors quand Françoise a annoncé qu'elle avait commencé par tester l'intelligence d'Ariel, Jonas a bondi en disant qu'il ne voulait rien en savoir. Il a aussi ajouté, mais plus bas et en parlant très vite, qu'il était opposé à ce genre de tests et qu'il aurait préféré qu'on le prévienne avant.

Françoise croit à la nécessité de l'examen qui évalue les différentes faces de l'intelligence et permet de vérifier s'il existe des zones de carence. Elle explique que sont testés la vitesse de traitement, la mémoire, le vocabulaire et d'autres éléments que j'ai oubliés.

Je n'ai aucun avis, j'attends patiemment qu'on me dise si la violence d'Ariel s'explique et si on peut faire quelque chose. Jonas pense visiblement que je devrais le soutenir. Il me le fait savoir en me fixant intensément et en haussant les sourcils.

Françoise prend la pochette posée sur ses genoux, en ôte les élastiques et sort une feuille blanche sur laquelle elle dessine un graphique. Elle commence par tracer deux lignes vertes, au-dessus desquelles elle trace une ligne bleue et enfin, tout en haut, une ligne rouge. Elle nous explique que l'espace entre les deux lignes vertes représente une intelligence moyenne, qu'au-dessus on parle de fourchette normale forte et qu'à partir de la ligne rouge c'est très supérieur à la moyenne.

Elle nous demande où se situe Ariel d'après nous, ce qui est une question piège car qui veut dire devant son enfant qu'il est moyen, que même pour ses parents il n'a rien de remarquable ? Jonas dit qu'il ne souhaite pas répondre, que ça ne l'intéresse pas, et je lui emboîte le pas au désespoir de Françoise qui nous trouve peu collaboratifs.

Sur le graphique, elle dessine des points censés représenter Ariel un peu partout : pour certaines choses, il est dans le vert, pour d'autres dans le bleu et pour d'autres au-dessus du rouge. Jonas explique que c'est là le reflet parfait de l'hétérogénéité des compétences qui vit en chacun de nous et que c'est justement à cela que sert la collectivité, à se compléter et s'entraider. Je lui flatte la main comme la croupe d'un poney, pour lui montrer qu'on a compris, qu'il est un brave animal social et Françoise soupire.

Pour elle, les résultats reflètent les tiraillements d'Ariel. Le fait que cohabitent en lui de grands écarts prouve qu'il a investi des compétences et pas d'autres, sans doute parce qu'il ne se sent pas protégé, pas libre de le faire. Elle raconte qu'elle lui a fait regarder des images pour l'aider à exprimer ses peurs et que tout cela révèle une grande angoisse, une peur constante de l'attaque, de l'agression et de la mort. Ariel est intelligent et inquiet, qui aurait pu le prévoir ?

« Il est ashkénaze, c'est ça votre diagnostic ? » demande Jonas.

J'aimerais savoir de quoi Ariel peut avoir peur, Jonas et moi évitons de le mettre au contact d'informations passées ou présentes qui pourraient l'inquiéter. Et c'est là que Françoise lâche sa bombe : « À votre avis, si les enfants et les adultes sont à égalité et ont les mêmes droits et les mêmes forces, qui protège les enfants ? »

Il ne faut jamais interroger Jonas sur l'égalité des droits, sauf si vous avez du temps devant vous. Françoise doit s'en douter et elle ne le laisse pas répondre. « Je pense qu'Ariel attaque les autres parce qu'il a une peur constante de l'agression, poursuit-elle. Il attaque avant d'être attaqué. Et même lorsqu'il se sent en sécurité avec un camarade, il a du mal à se réguler, à se contenir, il use de violence dans l'expression de son affection. »

Je demande à nouveau d'où cela peut venir et elle répond : « Ce que l'on fait ici, ce n'est pas d'identifier une cause précise, mais d'identifier un enchaînement de faits, c'est un travail narratif. Je pense que, pour Ariel, il est important que les règles de vie à la maison soient claires, que les choses soient ritualisées et inamovibles et surtout que les règles viennent de vous et seulement de vous. La règle crée un contenant, elle empêche de déborder. Elle prouve que parents et enfants sont différents et que les parents protègent. C'est ce qui permettra à Ariel de s'épanouir en sécurité et, plus tard, d'éprouver le plaisir de la transgression. » Elle laisse un silence. « Il faut vous interroger sur cette fonction contenante, sur votre capacité à limiter Ariel de manière claire et sécurisante, sur votre capacité à le rassurer. »

Je ne sais pas à quoi pense Jonas, mais je me visualise en

Tupperware géant tentant de contenir les années d'extermination et d'exil qui ont pu dessiner la peur d'Ariel.

« Si j'ai bien compris, Ariel est violent parce qu'il a peur qu'on l'attaque et qu'il ne se sent pas en sécurité. Et il ne se sent pas en sécurité parce qu'à la maison les règles ne sont pas assez claires et qu'il n'est pas assez contenu donc il a l'impression que l'on ne le protège pas. Et quand il se sentira protégé il pourra faire des bêtises de gamin normal sans taper sur tout le monde. C'est ça ? je demande.

— C'est mon analyse, oui, répond Françoise. Il restera Ariel, il aura ses affects et ses dégoûts, sans doute gardera-t-il sa sensibilité exacerbée, mais sa peur pourra s'exprimer par d'autres moyens que la violence. Vous avez des règles pour les repas ? Une heure fixe ? Vous l'obligez à porter une serviette ? À finir ses légumes pour passer au dessert, par exemple ?

— Vous savez, sauf cas extrême, je ne crois pas tellement à l'autocratie. Je crois au dialogue, répond Jonas.

— Pour vous, imposer que les légumes soient terminés pour avoir un dessert, c'est de l'autocratie ?

— C'est inique en tout cas. Personne ne me force moi à manger des artichauts pour avoir un yaourt.

— Mais, Jonas, Ariel et vous c'est différent », rétorque-t-elle.

Là, Ariel lève la tête et me demande ce que veut dire « inique ». Je lui réponds. Françoise voudrait savoir si nous avons le souvenir de situations où nous sommes sortis délibérément du cadre.

« Une fois, on a dîné dans le noir parce qu'Ariel et moi on faisait un jeu de rôle sur les animaux nocturnes. On a voulu vérifier si on développait des compétences nyctalopes en restant longtemps dans l'obscurité, répond Jonas.

— Et vous, Lucie, vous étiez d'accord avec ça? me demande Françoise.

— Pas vraiment, mais ça ne faisait de mal à personne.

— Vous avez d'autres situations en tête? poursuit-elle.

— Je ne sais pas... Ça dépend des périodes, dit Jonas. Quand Ariel était petit, on ne lui disait quasiment jamais non. On se disait qu'il allait expérimenter, comprendre tout seul ce qui était faisable et ce qui ne l'était pas. On a commencé à le limiter quand il est entré à la crèche. D'abord parce qu'on voulait sanctionner sa violence et puis on le sentait assez mature pour qu'on puisse lui transmettre la notion de danger et comment anticiper les risques. Mais oui, les deux premières années, il était très libre, donc il sortait du cadre. Je me sentais incapable de le brider de toute façon, c'est venu plus tard quand on y a été contraints. Nous sommes plutôt dans la réaction. »

Françoise hoche la tête, une façon de dire voilà, merci d'être arrivé à cette conclusion tout seul, puis elle ajoute qu'il y a des choses dans l'histoire des parents, dans leur passé traumatique, qui peuvent les empêcher de remplir la fonction de celui qui cadre, de celui qui fixe la règle, par peur de blesser ou de reproduire des situations de violences vécues. Ils se contentent alors de « réagir » à ce que font leurs enfants, ce qui insécurise ces derniers et leur donne l'impression que tout peut être dangereux. Elle dit qu'il y a peut-être dans la narration d'Ariel, dans son passé et dans le nôtre, cet empêchement à imposer des principes clairs et contraignants. Elle conclut en disant que ces schémas, il faudrait les comprendre pour pouvoir avancer.

Ensuite, elle propose qu'Ariel démarre avec elle un travail pour canaliser ses angoisses et apprendre à interagir avec les autres sans agressivité. Elle estime que nous devons absolument travailler sur nos narrations et nos réticences. Je me dis que j'aurais dû prendre des notes, que je ne pourrai jamais restituer logiquement son raisonnement. La seule chose que je retiens c'est *contenant*. Je ne suis même pas sûre de comprendre de quoi il s'agit.

Je paie la séance et nous sortons, engagés avec Françoise jusqu'à je ne sais quand, jusqu'à ce qu'Ariel aille mieux.

Sur le chemin de l'école, nous demandons à Ariel ce qu'il a compris de ce qu'a dit Françoise, et il répond qu'il va pouvoir revenir pour continuer ses constructions. Jonas lui demande s'il sait que papa et maman seront toujours là pour le protéger et il répond que oui, et aussi son papi qui a un fusil. C'est vrai que papi a un fusil, et si c'est ça qui le rassure, il me suffit d'en planquer un sous le lit. Dans le métro, il s'installe sur mes genoux et je l'enserre de mes bras. J'ai envie de le garder avec nous, d'annuler l'école cet après-midi, de lui décrire par le menu tout ce qu'on fera pour le défendre. Tous les nazis, les lions et les méchants qu'on battra pour lui. De lui dire que je m'achèterai des échasses et me fabriquerai des biceps et que je deviendrai longue comme le chant des cigales et musclée comme une engueulade de fratrie.

Nous déposons Ariel devant la grille et j'annonce que ce soir nous ferons des pizzas maison, tout le monde l'a mérité. Jonas et moi marchons jusqu'à un café et commandons deux expressos. Le serveur les apporte, je donne mécaniquement mon chocolat à Jonas, je ne touche plus au sucre depuis mon régime post-partum.

« Elle m'a énervé avec cette histoire d'artichauts, dit-il, qu'est-ce qu'elle veut qu'on fasse, qu'on les lui fourre dans la bouche de force ?

— Tu crois que c'est quoi la fonction contenante ? » je demande sans l'écouter.

Jonas sort son portable et recherche la définition de « contenant » : « Il y a plusieurs sens, mais en gros c'est réprimer une émotion, empêcher sa manifestation extérieure, maintenir quelqu'un dans un état de calme, l'empêcher de manifester des sentiments violents.

— Oui, bon, on ne sait pas faire ça avec lui. »

Jonas triture le sachet de sucre. Il finit par déchirer le papier dont le contenu se répand sur la table.

« Ce qui est dégueulasse, c'est le nombre de gens que l'on connaît qui s'époumonent sur leurs gosses et leur filent des torgnoles. Et ces gamins-là, alors qu'ils ont de la violence chez eux, ils n'attaquent pas les autres, je dis.

— Tu sais que dans la convention des droits de l'enfant, il est prévu que l'enfant a le droit d'exprimer librement son opinion sur toute question l'intéressant avec une pondération due à son âge et à son degré de maturité. Je ne vois pas pourquoi ça ne s'appliquerait pas aux artichauts.

— Jonas...

— Quoi ? Françoise s'y connaît mieux en droit de l'enfant que les Nations unies ?

— Peut-être qu'il faut qu'on fasse une convention des droits d'Ariel et qu'on s'y tienne ? Quelque chose qui fixe ses droits clairement, qui le protège ?

— Oui, c'est une bonne idée.

— Jonas, je déteste Françoise. »

II

Je croyais que comprendre serait la solution. Que Françoise allait nommer le problème d'Ariel et pif, paf, pouf, pluie de paillettes, musique, lancement de la machine à fumée et apparition du nouvel Ariel, comme l'ancien mais sans les poings.

Comme tout dans la maternité, ça ne s'est pas passé comme je le pensais. Les choses se sont aggravées et la violence a débarqué dans la maison qui était jusque-là épargnée. Le dernier barrage a cédé. Ce n'était plus la pluie sur la parade, c'était l'inondation. La grosse caisse éventrée, les cymbales qui flottent au milieu des détritus, la trompette qui sombre, les cotillons qui s'accrochent aux arbres emportés par le courant.

C'est à cause de cette histoire de fonction contenante. J'ai voulu border et cadrer comme Françoise nous y avait encouragés, mais je me suis lancée dans l'autoritarisme archaïque. J'ai commencé à dire *merde* et *putain* en permanence. « Vous commencez à m'emmerder, merde », « si c'est pour m'emmerder vous pouvez sortir », ou : « putain, mets ta serviette ». Comme si Ariel était un âne s'arrêtant sans raison que je devais tirer par le licol sous la pluie en pestant. Je ne supportais plus qu'il s'oppose, qu'il traîne ou qu'il discute de l'heure du coucher. Quand je lui demandais de faire quelque chose et qu'il contestait, j'entendais Françoise, je l'entendais montrer du doigt nos faiblesses et notre incapacité à éduquer notre fils. Je finissais par crier sur Ariel puis sur Jonas parce qu'il n'y arrivait pas non plus et sur le chat qui traînait dans mes jambes.

Plusieurs fois, j'ai hurlé à l'homme que j'aime : « Mais putain, reste pas à rien faire aussi toi », comme une mégère hirsute. Lui, il restait calme. Une fois, il s'est assis par terre en disant : « Je ne répondrai ni par la voix ni par l'action si tu t'adresses à moi sur ce ton », et il est resté les fesses sur le parquet jusqu'à ce que je retrouve un volume sonore raisonnable.

Jonas était las et il avait raison. Un soir il m'a fait remarquer qu'il y avait des limites à ce qu'il pouvait supporter : « Elle a dit qu'on devait fixer un cadre en amont, pas hurler sur lui dès qu'il ose avoir un avis, tu fais n'importe quoi là. » Je m'en rendais compte. J'essayais vraiment de poser un cadre clair, mais lorsque Ariel résistait, mon impuissance me rendait agressive.

Un matin où nous étions tous les deux, j'ai dit à mon fils d'aller s'habiller, il nous restait dix minutes avant de partir à l'école et nous n'avions pas de temps à perdre.

« Je n'irai pas si tu me cries dessus.

— Je ne crie pas.

— Si, tu prends un ton féroce.

— Féroce ? »

Il était dans son pyjama et me faisait face le menton en l'air : « Oui, comme un rugissement. Et là, tu me regardes méchamment !

— Ariel, va t'habiller, merde.

— Maintenant tu dis des gros mots, tu n'as pas le droit normalement.

— Tu es un enfant, tu n'as pas à me dire ce que j'ai le droit de faire ou non !

— Papa dit que les règles de politesse s'appliquent à tout le monde.

— Putain, Ariel... Va t'habiller. »

Je l'ai attrapé sous le coude pour l'entraîner vers sa chambre : « Pas si tu cries et si tu dis des gros mots. Et tu n'as pas le droit de me faire mal ! »

Il n'est pas aussi facile qu'on le croit de contraindre un enfant qui mesure un mètre vingt et pèse vingt kilos. J'ai apporté ses vêtements, je les ai posés en pile à côté de lui et c'est là qu'il s'est roulé en boule comme un hérisson. J'étais habillée, prête à partir, et je me suis retrouvée figée devant cette scène grotesque : Ariel en pyjama dinosaures la tête dans les genoux, tentant de former une sphère insaisissable sur le sol de sa chambre. Je lui ai demandé d'arrêter ça et de mettre ses vêtements, j'ai insisté, l'heure tournait, il allait être en retard et moi aussi, j'avais une réunion importante et des gens allaient m'attendre. L'ingratitude d'Ariel, son égoïsme, son incapacité à voir le monde en dehors de lui me donnaient envie de lui arracher les bras et de l'habiller de force. Je prenais conscience de ce temps qui passait, de mon impuissance, pendant qu'il serrait de toutes ses forces ses bras autour de ses jambes, se fichant totalement du mal qu'il me faisait. Je me voyais courir sur le chemin de l'école, forçant Ariel à se presser, je l'imaginais résister en s'asseyant par terre au milieu des passants. Je me voyais, une fois la corvée du dépôt à l'école passée, courir vers le métro, l'attendre en trépignant, m'agacer à chaque ralentissement sur la ligne, tout cela pour arriver en retard alors que j'étais celle qui avait programmé et organisé cette réunion. Je n'arrivais pas à me calmer, avec ces minutes qui passaient, ces retards qui s'accumulaient, mon envie d'être n'importe où sauf ici, l'impression que j'étais la partie faible du conflit et la certitude que ce n'était pas normal.

J'ai crié : « Putain, Ariel, merde ! » Il s'est levé d'un coup et m'a mis un coup de pied de toute sa force d'enfant en hurlant : « Arrête d'être méchante ! » J'ai eu l'impression que notre relation se brisait, que ce qui nous reliait s'était fendu sans espoir d'être réparé. J'avais très mal, il m'avait touché sur le haut du genou, comme un choc contre un meuble. Si je l'attrapais pour le punir, que je l'isolais dans une pièce, ça prendrait du temps et je serais encore plus en retard. Toute la matinée serait foutue. Et si je ne faisais rien, je le laissais croire qu'il pouvait me traiter comme ça.

Les secondes continuaient à défiler. Mon urgence était de partir, de le déposer. Je savais qu'il fallait que je me calme, que j'impose la paix pour que les choses avancent, mais j'en étais incapable. J'ai sorti deux bonbons d'un placard en annonçant que s'il était à la porte habillé et chaussé en moins de trois minutes, il pourrait avoir ceux-là, plus deux autres devant l'école si on y allait en courant. Les bonbons avant l'école, comme récompense pour avoir frappé sa mère... J'étais lamentable.

J'ai découvert la violence l'année de mes sept ans. Je n'aime pas avoir à y penser, comme je n'aime pas avoir à penser à Stéphanie, mais je suis bonne élève, j'écoute Françoise, je tente de vaincre mes réticences.

L'histoire commence un matin où je ne suis pas allée à l'école. Mes parents m'ont emmenée chez ma grand-mère qui vivait à Longwy, où se trouvaient les mines, à la frontière avec le Luxembourg. Nous sommes entrés dans la maison sans frapper, mon grand-père nous a accueillis et a dit quelque chose comme « elle est là » en montrant d'un geste l'endroit où je regardais d'habitude la télévision. Je l'ai vue allongée sur le canapé déplié du salon, habillée normalement, avec les yeux fermés.

Ma mère avait des choses importantes à faire, comme souvent les adultes quand ils doivent enterrer leur parent, et elle m'a laissée dans le salon, avec ma grand-mère.

Je me suis sagement assise sur une chaise à côté d'elle et je crois que je lui ai touché la main. C'était en 1993 et personne ne s'est interrogé sur la pertinence de laisser seule une enfant de six ans avec le cadavre de sa personne préférée. Nous sommes simplement restées ensemble. Je l'ai observée, puis j'ai eu très envie de lui sauter sur le ventre. Je pensais sauter sur elle à l'horizontale comme pour la câliner ou la réveiller, puis j'ai eu envie de lui sauter dessus à pieds joints, comme sur un trampoline. Je me rappelle mon envie très forte d'enlever mes chaussures et de me servir de son corps mort comme d'un château gonflable.

Au bout de deux heures, les pompes funèbres sont arrivées, il était l'heure de partir pour l'enterrement. Nous avons marché jusqu'à l'église et, en entrant, on m'a installée dans le chœur pour que j'aide à allumer des cierges à la fin de la messe. On m'avait présenté l'événement comme assez festif, avec ce ton qu'utilisent les adultes pour responsabiliser les enfants de façon ludique. « C'est toi qui as été choisie pour allumer les cierges ? Oh là là mais c'est une mission très, très importante et ça fera très plaisir à mamie ! Tu sais qu'elle te regarde ? Il faudra bien t'appliquer. »

La messe s'est passée sans que j'y prête attention, je regardais les bougies, je me tenais prête à intervenir. À un moment, mon attention a été attirée par mon cousin qui parlait au micro, il avait dit quelque chose qui m'avait ramenée au présent. C'était quelque chose comme : « Maintenant que tu es morte, je ne te reverrai plus. » Ce que j'ai trouvé idiot, car moi je venais de passer la matinée avec ma grand-mère morte. On allait donc continuer à la voir, simplement elle ne parlerait pas. J'ai demandé à l'adulte assis à côté de moi pour en avoir le cœur net et il m'a répondu que, effectivement, on ne la reverrait plus, mais qu'elle me regarderait toujours de là-haut.

J'ai compris à ce moment-là qu'il n'y aurait plus de moment avec elle, plus de chez elle, et je me suis mise à pleurer d'un coup. Je pleurais de façon incontrôlable comme une enfant de six ans. Un adulte a dit : « Allez, Lucie, on t'attend pour les cierges, sinon quelqu'un d'autre va y aller à ta place », et, comme je ne bougeais pas de mon banc, il a ajouté : « C'est dommage quand même, tu t'en faisais une joie. »

Ensuite, j'ai été très triste pendant des mois et ma mère encore plus. Elle s'occupait de nous, on était à l'heure à l'école, on avait des vêtements propres mais, souvent, elle semblait fixer un point derrière nous ou se perdre en pensées dans un souvenir où nous n'avions pas notre place. La dépression des mères vous abat parce que vos petits numéros ne l'aident pas. Travailler à l'école, être sage, débarrasser la table ne vous la rendra pas et, en plus, elle vous en voudra de la faire culpabiliser de ne pas vous aimer comme il faut. En grandissant, on perçoit cette différence chez les adultes : ceux qui n'ont pas su sauver leur mère d'un côté et, de l'autre, ceux qui suffisaient à son bonheur, les seconds avancent dans la vie comme si le malheur ne les concernait pas. Jonas et moi connaissons la tristesse des mères, c'est une chose que nous n'avons pas à nous expliquer.

L'histoire de mes sept ans commence juste après. J'étais triste, je pensais souvent à ma grand-mère, j'avais du mal à rester à l'école et j'avais demandé à ma mère de pouvoir rentrer juste après la classe, de ne pas rester à l'étude. Ma mère s'était renseignée dans sa paroisse et avait trouvé une femme, Andrée, chez qui je pourrais passer mes fins d'après-midi en attendant qu'elle rentre du travail. Elle avait un mari et deux fils qui travaillaient, ils arrivaient quand ma mère venait me chercher. Andrée était très gentille avec moi quand il y avait d'autres adultes, sa famille, ma mère, ou quand on la croisait à la paroisse. Quand on était seules toutes les deux, elle me collait des claques derrière la tête et il lui arrivait de me poursuivre dans sa maison avec un martinet ou de me mettre au coin en me tirant les cheveux. Andrée n'était pas désagréable, elle me préparait des goûters que j'aimais et parfois elle me laissait regarder la télé. Simplement, elle avait des règles strictes et elle considérait que si je ne les respectais pas, je savais à quels risques je m'exposais. Aux règles était associée une grille graduelle de sanctions qu'elle seule maîtrisait.

Dans ma famille, on ne tapait pas. Quand une situation déplaisait à mon père il partait, et ma mère avait d'autres méthodes. Elle nous laissait libres, mais si on la décevait, elle nous le disait et c'était terrible. Pas aussi terrible que courir la peur au ventre pendant qu'Andrée grinçait : « Si tu viens maintenant, ça te fera moins mal », mais suffisamment pour que je sache ce que je pouvais faire ou non.

Avec Andrée, il pouvait se passer des jours entiers sans violence ou menace, il suffisait que je me comporte impeccablement. Si je renversais de l'eau en me servant, il pouvait ne rien se passer ou je pouvais prendre une claque derrière la tête. Si, plus tard, je faisais des miettes ou je me tachais, si je n'y mettais pas du mien, la sanction était plus sévère, elle sortait des objets, elle me les montrait assez longtemps pour me terrifier, puis elle les utilisait. Le même régime s'appliquait pour les devoirs et les récitations. Il ne fallait pas que mon stylo bave, que je me trompe sur un mot ou un calcul. J'étais l'âne d'Andrée.

Ce qui rendait les choses difficiles, c'est que j'aimais l'Andrée de l'extérieur, celle que tout le monde connaissait, celle qui disait que nos après-midi étaient formidables, qu'on s'amusait follement, que je travaillais très bien et quel bon appétit j'avais ! Elle disait que j'étais un bonheur à garder et moi j'avais envie de la croire. J'avais envie d'aller dans ces après-midi qui n'étaient pas les nôtres. Elle me les faisait rêver, comme une destination possible si j'apprenais à manger sans miettes et à écrire sans raturer.

On voyait l'Andrée de l'extérieur le samedi en fin de journée à la messe, ma mère et elle discutaient ensemble, puis elles parlaient de moi au curé qui me tapotait la tête. Ma mère était soulagée. Elle me disait que je parlais moins de ma grand-mère, qu'elle était contente de m'avoir écoutée en me retirant de l'étude pour aller chez Andrée, que les enfants savent toujours ce qui est bon pour eux.

C'est peut-être la raison pour laquelle je n'ai rien dit pendant des mois. Il y avait l'idée que ça s'arrangerait, que l'Andrée de l'extérieur existait et qu'elle voulait de moi. Surtout, c'était ma décision, c'est moi qui avais voulu une nounou. J'étais celle qui avait choisi et n'avait pas été à la hauteur. Et je serais celle qui ramènerait un problème à la maison s'il fallait encore changer et me réinscrire à l'étude.

Ma fierté est de n'être jamais venue quand elle me disait que ce serait pire si elle devait me courir après. De n'avoir jamais cédé. De l'avoir forcée à venir me chercher, à faire suer son gros corps pour pouvoir me taper dessus. Cours, grosse Andrée, cours jusqu'à moi et crève sur le chemin. Cours, Andrée, et change d'avis, prends-moi dans les bras.

Tout s'est arrêté au printemps. Je le sais parce que je ne portais pas de manteau ce jour-là, il commençait juste à faire beau. J'étais dans le salon d'Andrée, je faisais mes devoirs. Elle était aux toilettes, le martinet était posé sur un buffet. C'était le genre d'après-midi où Andrée était de mauvaise composition et où chaque faute entraînait une sanction. Le martinet servait d'épouvantail, il pouvait être utilisé ou non, cela dépendait de moi. J'étais terrifiée. Je pensais qu'en faisant disparaître le martinet, je ferais disparaître la peur. Je me suis levée de ma chaise, j'ai pris les ciseaux de couture d'Andrée, le martinet sur le meuble et j'ai coupé toutes les lanières. Il ne restait plus qu'un manche en bois chauve.

En voyant ça, Andrée a balancé le manche et elle est allée chercher une ceinture de son mari. Elle a dit que j'avais détruit un objet qu'elle avait depuis des années, que c'était très grave. Le bruit de la ceinture, c'est quelque chose que vous n'oubliez pas. J'ai eu si peur que je me suis mouillée. J'ai été sauvée par son fils qui venait de rentrer et qui l'appelait. Elle a rangé le manche chauve et la ceinture, puis elle l'a rejoint en souriant, très joyeuse. J'ai regardé la pendule, il était 17 h 50, ma mère arriverait à 18 heures. Dans mon pantalon humide, le plus discrètement possible, je me suis postée devant la fenêtre pour l'attendre. Quand j'ai reconnu sa voiture, que j'ai vu ma mère en sortir et avancer jusqu'à la porte, j'ai pleuré de soulagement. Je n'arrivais pas à m'arrêter, je savais que j'étais sauvée. Andrée a ouvert la porte, ma mère a demandé ce qui se passait, j'ai sangloté : « Rien, rien », et je l'ai prise par la main en tirant. En temps normal, elle m'aurait fait remarquer que j'étais impolie mais elle a compris que quelque chose se passait. Elle m'a demandé si j'avais un manteau et j'ai fait non avec la tête. J'ai pleuré jusqu'à la maison sans parler. Elle me répétait : « Qu'est-ce qui se passe ? mais qu'est-ce qui se passe ? quelqu'un t'a fait quelque chose ? » Puis elle s'est rendu compte que j'avais mouillé mon pantalon : « Là il faut que tu m'expliques parce que je suis trop inquiète, dis-moi, mais dis-moi. » Je lui ai répondu que je ne voulais plus retourner chez Andrée. Elle m'a demandé si son mari ou ses fils m'avaient fait quelque chose. J'ai répondu que non, puis j'ai raconté tout ce qui s'était passé, ce qui s'était mis en place progressivement sans que je lui en parle. Je pensais qu'elle allait être triste, plus que d'habitude. À la place, elle s'est regonflée. Elle a repris en un souffle tous les kilos perdus dans la tristesse et elle est entrée en guerre contre Andrée, contre le curé et contre l'évêque. Et quand elle a eu fini d'être en colère, elle est redevenue triste.

Parfois, je me demande si Ariel, ma curieuse presqu'îlc, mon prolongement et mon étranger, ne s'est pas mis en tête de rendre les coups que j'ai reçus.

Tu peux ranger tes poings, Goylem, Andrée est morte depuis longtemps.

Au milieu du chaos qu'est devenue notre vie domestique, nous apprenons qu'Ariel s'est fait un copain. Bêtement, je pense que c'est parce que je me suis mise à hurler et à faire régner la terreur. Le copain s'appelle Lucas. Ariel et lui sont dans la même classe.

Un matin, nous l'avons croisé devant l'école et Ariel m'a dit : « Regarde, c'est Lucas avec son père. » Le père porte un bouc, les cheveux en brosse et une veste de costume trop lâche sous les bras. Dans sa main, une laisse qui retient un tout petit chien. Lucas a une coupe de cheveux de petit militaire, des lunettes et un T-shirt avec un personnage de dessin animé. Ariel a salué son copain et quand il a vu le minuscule chien, il s'est caché derrière moi. Le père de Lucas a essayé de le rassurer, lui a proposé de le caresser mais Ariel a couru sur le trottoir d'en face en traversant la route sans regarder. Le père m'a lancé : « Ouh là, faut pas le laisser traverser comme ça, madame ! » Il avait cette confiance en lui propre aux éducateurs canins, un côté « il suffit d'un peu de poigne, ils doivent sentir qui commande ». Lucas n'avait jamais rien dû faire qui n'était pas maîtrisé par son père.

Ariel me parle beaucoup de Lucas. Lucas et lui ont trouvé des escargots dans la cour. Lucas a dessiné Ariel très petit et lui très grand et c'est amusant car dans la réalité c'est l'inverse. Lucas est fort à la course et attrape tout le monde à chat, mais comme Ariel l'aime bien il est juste un tout petit peu jaloux. Lucas préfère dessiner en bleu et vert, alors qu'Ariel préfère le rouge et le noir.

Il s'agit d'une situation nouvelle pour nous, Ariel ne s'est jamais fait de vrai copain. À l'exception d'un gamin qui s'appelait Roméo, avec qui il a joué il y a deux ans et qui a rapidement déménagé. Il lui arrive de s'amuser avec d'autres, mais en général cela s'arrête quand il dérape sur un camarade et qu'on lui demande de partir.

Jonas se met à discuter avec le père de Lucas à la sortie de l'école. Ils échangent leurs numéros de téléphone et, un jour, il reçoit un SMS nous demandant si l'on peut récupérer Lucas à l'école en même temps qu'Ariel, il a un problème au travail. Nous acceptons et je me charge de ramener les deux enfants chez nous. Ariel montre son affection à Lucas de manière très appuyée, il lui tient la main, l'embrasse, le gamin le repousse. Françoise a raison, on n'a pas su non plus lui apprendre comment aimer les gens correctement. Une fois à la maison, je prépare le goûter. Alors qu'Ariel s'apprête à montrer sa chambre à Lucas, on sonne à la porte, Jonas ouvre. Le père de Lucas appelle son fils de l'entrée, sans faire les quelques pas jusqu'au salon. Il nous remercie, nous dit : « à charge de revanche », et ils quittent notre appartement.

Ariel est un peu déçu et voudrait inviter son copain un samedi, pour lui montrer sa chambre et goûter avec lui. Nous passons du temps, tous les deux, à préparer une carte d'invitation. Ariel dessine un château qu'il choisit de colorier en vert et bleu, les couleurs de Lucas, et il me demande d'écrire sur la carte : « j'aimerais t'inviter à goûter chez moi ». Je lui propose qu'on attende quelques jours avant de la donner à Lucas.

Une semaine plus tard, Ariel porte l'enveloppe avec précaution sur le trajet vers l'école et dans l'escalier qui mène à leur classe, puis il la dépose, très fier, sur la patère de son copain. Pendant le dîner, nous parlons de ce que l'on fera quand Lucas viendra, des jouets qu'il lui montrera et des bonbons que l'on achètera. À 22 heures, Jonas reçoit un SMS : « Bonjour, c'est le père de Lucas. Il a bien reçu votre mot. Ce n'est pas facile à dire mais je ne souhaite pas que Lucas voie Ariel en dehors de l'école au regard du comportement de ce dernier. Désolé. Bonne soirée. »

Je ne sais pas ce que veut dire le *comportement de ce dernier* mais j'imagine que Lucas est rentré à la maison ce soir avec des bleus. Ariel a dû l'embêter ou le serrer trop fort, au point que le petit en a parlé à son père. Je ne sais pas comment nous allons pouvoir expliquer à Ariel que son copain ne viendra pas à la maison.

« Tu crois que je dois répondre quelque chose ? je demande.

— Oui, imagine que tu le croises et qu'il te demande si tu as eu sa réponse.

— Qu'est-ce qu'on va dire à Ariel ?

— On va lui dire que le père de Lucas ne veut pas qu'il voie des copains en dehors de l'école. »

J'ai un sanglot coincé quelque part et Jonas aussi. J'ai l'impression, en laissant des choses comme celle-ci se produire, que la vie normale abandonne Ariel dans une station-service et continue sa route pendant qu'il attend au milieu des mégots avec son sac à la main.

Jonas me dit que c'est notre faute, qu'on n'aurait pas dû lui dire qu'il verrait son copain en dehors de l'école, on lui a créé de faux espoirs. Je prends le portable de Jonas et je réponds « OK » au père de Lucas, en pensant : Espèce de sac à merde, si je pouvais je te tuerais de mes mains.

Je passe une nuit à me retourner dans mon lit, tout en me disant que ça n'est pas si grave, moins qu'une leucémie ou de naître sans doigts. Je m'endors en m'imaginant demander à Ariel comment va Lucas et qu'il m'apaise en me répondant : « Il est mort. »

Le lendemain matin, sur le chemin de l'école, on prend notre temps pour arriver longtemps après Lucas. Dans le couloir devant leur classe, son manteau est accroché à la patère qui porte son nom, ce qui veut dire que son père est déjà loin. Ariel rentre dans la classe et Lucas se précipite sur lui pour lui montrer un jeu qu'il a trouvé. Je demande à la maîtresse si quelque chose s'est passé entre Lucas et Ariel.

« Oh, comme d'habitude, ils jouent puis Ariel s'énerve et ensuite ils rejouent, mais Lucas a l'air de bien supporter. »

J'appelle Jonas en sortant de l'école et il me dit : « Si on avait eu le genre d'enfant calme qui ne tape jamais, est-ce qu'on aurait supporté de le laisser fréquenter une petite boule d'angoisse comme Ariel ? Est-ce qu'on aurait supporté de le voir rentrer avec des marques ? Est-ce qu'on n'aurait pas fait comme eux ? »

Je passe une journée de fatigue et de mélancolie. La tristesse de la veille me visite comme un courant marin, elle me saisit, me refroidit, puis repart. Avant de rentrer chez moi, je passe par la librairie de mon quartier, je veux trouver un livre pour la soirée. Je vais me coucher tôt, sous ma couverture avec le chat, la petite lumière sur la table de chevet et, au loin, le son du film que regardera Jonas. Je plongerai dans une histoire jusqu'à ce que la fatigue m'empêche de lire et je m'endormirai sans pensées.

Après avoir salué la propriétaire qui me reconnaît, je me dirige vers les nouveautés en poche. Je regarde les quatrièmes de couverture des romans et les petits mots des libraires. J'adore les mots des libraires. Ce temps qu'ils prennent pour mettre un peu d'humanité ici ou là. Je choisis deux livres et me sens apaisée, comme si, déjà, je remontais sur moi la couverture. Deux femmes me sortent de ma rêverie en parlant fort au rayon enfant : « Les filles sont invitées à quatre anniversaires ce mois-ci. Maintenant je fais un stock de livres différents comme ça, à chaque invitation, j'en sors un et ça m'évite le stress de l'achat de dernière minute.

— Vraiment l'enfer cette période, tu as tous les anniversaires qui tombent pendant les vacances qui sont fêtés en avance, en plus des autres, répond la copine. On n'a plus un week-end sans être invité à un goûter, c'est super chiant. »

J'ai l'impression qu'on me gifle. Qu'on m'attrape par le col et qu'on me secoue en me parlant une langue d'envahisseur. Qu'on m'arrache à mon lit, pour me coller dehors et occuper ma maison. Sans réfléchir, je fonce vers elles : « Vous savez que c'est une chance d'avoir des enfants invités à des anniversaires ? » J'ai parlé très vite, en chevrotant. J'ai l'air d'une folle qui ne maîtrise plus rien. L'une des femmes a les cheveux bouclés et brillants, porte un de ces pulls à grosses mailles blanches des gens qui peuvent tout se permettre et des bottines en daim. L'autre a les cheveux attachés, un pantacourt et des sandales de campeuse dans le Morvan. Elles sont très différentes, je ne les imagine pas amies. Leurs enfants doivent être dans la même école ou faire la même activité sportive. Elles ont dû se croiser à la librairie et décider ensemble de se plaindre d'aller à trop d'anniversaires.

La femme aux bottines lève les sourcils et me répond : « C'est un lieu public, vous savez?

— Justement, vous ne savez pas qui vous blessez. D'autres aimeraient avoir vos problèmes. »

Ensuite, dignement, je vais à la caisse déposer mes livres devant la libraire en priant tous les saints de ne pas les entendre commenter ce qui vient de se passer ou, pire, interpeller du regard ou de la voix les gens autour d'elles. J'entends : « incroyable », puis : « ce n'est quand même pas de notre faute si elle a un problème » malgré mes tentatives de boucher mentalement mes oreilles.

En rentrant, je pose mes livres sur la table, je raconte l'histoire à Jonas et je lui annonce que je vais devoir changer de librairie.

Il me répond : « En fait, on a un autre problème. »

J'attends. J'ai peur que Lucas soit vraiment mort.

« La directrice est venue me voir à la sortie de l'école. Ariel a tapé sur un gamin assez fort, visiblement c'est un copain de Lucas, Martin. Il est venu voir Ariel et il lui a dit : "Lucas a jeté ta carte à la poubelle, il ne veut pas venir chez toi." Ariel a ramassé un bâton et il lui a mis un coup sur la pommette, ça a beaucoup saigné, les parents du gosse sont furieux, ils veulent nous rencontrer pour nous dire leur façon de penser.

— Qu'ils prennent un ticket, je réponds.

— C'est vraiment grave cette fois, la directrice dit que les parents veulent porter plainte.

— Le gosse lui a vraiment dit : “Lucas a jeté ta carte à la poubelle” ?

— Oui.

— Comment va Ariel ?

— Il dit qu’il n’a jamais été aussi triste. »

Je traverse l’appartement et le trouve dans son bain. Il a les sourcils froncés et se fabrique une potion magique en mélangeant de vieux bouts de savon dans un bol en plastique.

« Ça va, chéri ?

— Je veux changer d’école.

— Je comprends. Je peux te prendre dans mes bras ? »

Il dit oui avec la tête. Je l’attrape sous les bras et je le colle tout mouillé contre moi. Je lui enfile son peignoir et je l’emmène sur le canapé. Je caresse ses cheveux bouclés. Je suis trempée et gelée mais je m’en fous.

« On m’a dit des horreurs comme ça quand j’avais ton âge et regarde, aujourd’hui j’ai plein de copains », je dis.

La tête dans mon cou, il demande : « Ça existe de jamais avoir de vrai ami ? »

Défilent dans ma tête les gamins de mes classes successives qui mangeaient seuls à la cantine et étaient assis sur un banc dans la cour sans personne avec eux.

« Non, des fois ça prend du temps, mais tout le monde a un copain qui l’attend.

— Du coup, Martin et Lucas je les inviterai pas à mon anniversaire.

— Non, on ne les invitera pas. »

Silence. Je sens le corps d’Ariel se tendre contre moi.

« On fera peut-être ton anniversaire l’année prochaine, plutôt.

— Non, je veux le fêter cette année.

— Mais on inviterait qui ? je demande.

— Pourquoi tu me demandes ça ? Tu veux que j'aie plus envie de fêter mon anniversaire ? »

Je ne réponds rien. Je continue à lui caresser la tête.

Je voudrais que tu n'en aies pas envie, Ariel, tout simplement. Que tu ne me forces pas à t'expliquer qu'organiser des fêtes n'est pas pour nous, en tout cas pas cette année. Je voudrais ne pas être dans ta réalité, que tu ne m'aies pas entraîné dans ce monde bizarre où tout est compliqué et où des parents veulent porter plainte contre un gamin qui va fêter ses six ans. Si tu dois nous faire vivre dans ce monde-là, j'aimerais au moins que tu comprennes comment il fonctionne. Les gens ont peur de toi, ils ne vont pas venir chez nous. Puisque c'est toi qui provoques ça, toute la journée, tout seul comme un grand, pourquoi tu n'en tires pas tout seul les conséquences ?

« Non, je te demande qui tu voudrais inviter c'est tout, je lui réponds doucement.

— Je suis nul c'est ça ? Je n'ai personne à inviter ? »

Il s'écarte de moi. Ses yeux ont viré au gris foncé, il fronce les sourcils et serre les poings. Puis il se lève : « Je suis nul ! Pas de copain, le nul, nul, nul. Pas de chasse au trésor, pas de gâteau, je suis trop nul. » Il répète ça en descendant du canapé, il tape fort son talon sur le sol en rythme. Nul, talon, nul, talon, nul, talon.

Je le regarde, je me sens exsangue.

Ariel. Calme-toi. On va le faire, ton anniversaire. On va inviter toute la classe, même ce fils de connard de Lucas. On va retrouver Roméo, avec qui tu jouais il y a deux ans et qui a déménagé. Je vais me débrouiller, je vais demander à l'école son nom de famille, je vais chercher ses parents dans l'annuaire, on lui enverra une invitation par la Poste ou je les retrouverai sur un réseau social, je ne suis sur aucun de ces trucs, mais je me créerai un compte. Je vais y mettre plein de photos pour ne pas avoir l'air de n'exister sur Internet que pour eux, ne pas les effrayer. On fera ça dans un parc, on mettra des fanions, des banderoles et on demandera à nos copains qui campent de nous prêter des chaises pliantes et des tables. On inventera des jeux où personne ne gagne et personne ne perd pour que tu ne sois pas triste. On fera une chasse au trésor, ton père fera les voix et les personnages. On sera autour de toi tout le temps, pour que tu ne débordes pas, pour que tu n'aies pas peur des autres, et on t'entourera de nos bras quand il faudra. On parlera aux parents, on dira : « Ariel a un peu de mal à gérer ses émotions, mais il a vraiment envie d'avoir des copains pour son anniversaire », et on ne sera pas gênés, on n'aura pas l'impression de quémander, on ne sera pas terrifiés de cette image de nous que ça renvoie, on sera fiers de toi et on sera concentrés sur ça : Ariel a un anniversaire, il est content. On ne pensera pas au reste. Promis. Arrête de pleurer, Ariel. C'est nous qui sommes nuls de ne rien comprendre, d'avoir peur de passer pour ce qu'on est déjà. Regarde-moi, arrête de pleurer, on va te trouver des copains.

« On va inviter toute la classe, on va décorer l'appartement, on fera un super gâteau avec de la chantilly et une chasse au trésor géniale. Chéri, s'il te plaît, arrête de taper des talons comme ça.

— Non. Lucas est plus mon copain de toute façon.

— Ariel... »

Il continue à taper du talon.

« Ariel ? Tu voudrais qu'on fasse une fête avec toute la famille ?

— Non, je veux pas faire d'anniversaire si j'ai pas de copains. Quand j'en mériterai, je mériterai un anniversaire.

— Mais il n'y a pas besoin de mériter !

— Si, avoir des copains ça se mérite, c'est la directrice de l'école qui le dit. »

Je vais vers lui et le soulève. Il bat des pieds dans l'air, il se défend contre mon désir de l'apaiser. Il ne veut pas se calmer, il veut rester dans sa colère contre lui et sa tristesse d'être ce qu'il est. Je suis là pour l'en empêcher, je veux son bien malgré lui comme souvent les mamans. Je le tiens et tant pis pour les coups de pied dans mon ventre. Je sens son corps raide et tendu s'amollir et il pose sa tête sur mon épaule. Je presse les points d'apaisement dont nous avait parlé un kiné, une main sur la nuque et une main sur les reins. Je le laisse pleurer contre moi. Je pense à Stéphanie, forcément. Je pense à la directrice de l'école. Je pense au père de Lucas. Je me vois un instant réunir tout ce beau monde dans un cercle et y foutre le feu. Et puis je me cale sur la respiration d'Ariel. Je les imagine tous en train de cramer, ils ne crient pas, ils ne souffrent pas, simplement ils disparaissent dans les flammes, et avec eux les larmes d'Ariel et les miennes.

Et en plus, j'ai l'impression que Jonas a cessé de m'embrasser le haut de la tête.

Je m'en suis rendu compte parce qu'il est passé derrière moi plusieurs fois lors du dîner pour chercher du sel, de l'eau, du parmesan ou que sais-je et que j'ai eu l'impression d'une distance. Ou plutôt de l'absence soudaine d'un lien.

Ariel essayait d'enrouler ses spaghettis sur sa fourchette pour faire comme son père, Jonas remplissait la cruche d'eau dans l'évier derrière moi et je pensais : il ne m'embrasse plus au passage. J'étais l'une de ces fleurs qui dépassent d'une clôture et que l'on caresse sur le chemin, et maintenant je suis la branche morte qu'on enjambe.

On finit de dîner, je débarrasse la table et fais la vaisselle, Jonas raconte une histoire à Ariel et le couche puis il file s'installer dans notre chambre sans passer me voir dans le salon. Je le rejoins, il est allongé sur le ventre en train de caresser le chat.

« Tu ne m'embrasses plus sur la tête autant qu'avant. »

Il lève les yeux, je le surprends dans ses pensées.

« Attends, quoi ?

— Tu sais comme tu m'embrasses sur le front en passant ?
— Oui.
— Eh ben, tu ne le fais plus.
— Bien sûr que si.
— Tu ne l'as pas fait tout à l'heure.
— Évidemment que je ne l'ai pas fait tout à l'heure, je ne le fais pas chaque fois que je passe derrière toi, tu es ma femme, pas un péage routier ! »

Je ne ris pas.

« J'ai l'impression que tu ne le fais plus du tout. »

Il continue à caresser le chat.

« Lucie, chérie, je t'assure que je t'embrasse toujours sur la tête. Tu veux que je le fasse maintenant ?
— Non, non, ça ne m'intéresse pas les baisers en conscience. Ceux qui m'intéressent ce sont les baisers inconscients, les baisers réflexes. C'est eux qui ont disparu, comme si ton toi intuitif avait perdu toute tendresse pour moi.
— Mon moi intuitif a perdu toute tendresse pour toi ? Non mais, tu t'entends ?
— Tout à l'heure, tu es passé quatre fois derrière moi sans m'embrasser une fois la tête et tu ne l'as pas non plus fait quand tu es rentré ce soir, ni quand tu as quitté la cuisine pour aller lire une histoire dans la chambre d'Ariel. »

Il souffle et ferme les yeux, ce qui effraie le chat qui saute du lit. Je suis toujours debout, dans la position dynamique et dressée de celle qui a une démonstration à faire.

« Je pense que tu surestimes largement le nombre de baisers sur la tête que je te fais », dit Jonas.

J'ai pris dix-sept kilos quand j'étais enceinte d'Ariel. En sortant de la maternité j'en avais perdu quatre et il m'a fallu un an pour retrouver mon poids de forme. Pourtant, pendant toute cette année, Jonas m'a assuré que ça ne se voyait pas du tout. Il ne remarque soi-disant jamais qu'une fille que l'on croise dans la rue ne porte pas de soutien-gorge. Il prétend être incapable de me dire laquelle de mes amies il épouserait à ma mort, il ne les regarde pas. C'est la même chose pour ses collègues, il ne sait pas laquelle est jolie ou non. Il soutient que je n'ai absolument pas changé en dix ans, que je ressemble trait pour trait à celle qu'il a rencontrée. Il passe son temps à mentir en se réfugiant derrière sa galanterie. Alors évidemment, il affirme qu'il n'a pas arrêté de m'embrasser sur la tête. Il n'a pas arrêté de m'embrasser sur la tête et, d'ailleurs, m'a-t-il seulement un jour embrassé sur la tête ?

« Je pense qu'il faut que tu réalises que ta prétendue délicatesse est en réalité l'expression d'une profonde lâcheté.

— Est-ce que j'ai déjà prétendu que mes actes et mes paroles étaient autre chose que l'expression d'une profonde lâcheté ? » répond Jonas.

Je ris, comme d'habitude.

« Est-ce que tu m'aimes moins ? je demande.

— Non.

— Tu es sûr ?

— Oui.

— Comment tu le sais ?

— Parce que je supporte cette conversation, répond Jonas.

— Non mais, en vrai ?

— Parce que je le sais. Je vais dire à mon inconscient de continuer à t'associer à de la tendresse et des baisers sur le front.

— Je sens qu'il y a un problème, Jonas.

— Il n'y a pas de problème.

— Si, tu en as marre de moi, je dis.

— Non, je n'en ai pas marre de toi, j'en ai marre que tu m'emmerdes et que tu gueules sur moi et sur tout le monde, mais tu vas arrêter de le faire et redevenir la personne que j'ai épousée bientôt, non ?

— Et si je ne le fais pas ? je demande.

— Ce n'est pas vraiment une option.

— Merveilleux, non mais merveilleux, tu me menaces maintenant ?

— Non je ne te menace pas, je dis que je ne supporterai pas de devoir gérer deux *meshugge.* »

Meshugge, ça veut dire « cinglé » et, visiblement, Jonas n'embrasse plus les cinglés.

Les parents de Jonas sont des universitaires. Jeunes, ils étaient plutôt juifs de gauche, sa mère avait vécu un temps dans un kibboutz à l'époque où Israël était un pays socialiste. L'année des sept ans de Jonas, quand son père est devenu religieux, il l'a fait entrer dans une école juive pour s'assurer qu'il mangerait casher au déjeuner et au goûter.

Michelle, sa mère, était moins rigoureuse, elle s'ouvrait plus facilement au monde. Elle était d'humeur mélancolique et tentait de se soigner à coups de sport et de grand air. Elle accompagnait parfois son époux aux évènements communautaires, l'encourageait mais préférait aller à la piscine. Elle suivait les règles casher à la maison, elle ne mélangeait pas la viande et le lait, elle ne servait pas de fruits de mer, elle faisait attention à ce qu'elle achetait. Mais à l'extérieur de chez elle, en secret, Michelle commandait des plateaux de fruits de mer et des croque-monsieur. Jonas a passé son enfance à manger caché de son père. Son grand-père lui refilait du jambon en douce et sa mère des huîtres et des crevettes.

Jonas soutient que le monde de son père et ses règles, ce sont ses névroses merdiques, que ça n'a rien à voir avec le judaïsme. Il ne le lui a jamais dit, ils n'ont jamais échangé sur le bouleversement qui est intervenu dans leur vie, sur le tour radical qu'elle a pris. Ils se parlent beaucoup, mais ce n'est jamais Jonas qui s'exprime. Son père assène ses vérités et son fils attend que ça passe.

Jonas et moi adorons nous parler. Du moins nous essayons quand nous ne sommes pas interrompus. Même en ce moment, alors que l'ambiance est tendue, nous avons besoin de discuter ensemble. Nous déjeunons tous les deux pour appliquer la consigne de Françoise, pour nous interroger sur « notre fonction contenante et notre rapport aux règles ». Sur l'ardoise du bistrot, il y a un plat du jour. Je prends toujours le plat du jour, que j'aime pour son côté fugitif. Après avoir commandé, je lui demande : « Est-ce que toutes les règles chez toi avaient un rapport avec la religion ?

— En gros, oui.

— Et ça te faisait quoi ? je demande.

— J'ai compris assez vite que c'était débile, le côté incontestable, le côté c'est comme ça et on ne discute pas. »

Le serveur arrive avec deux bières et une corbeille de pain. Machinalement, je l'éloigne de Jonas sinon il va l'avaler en trois minutes avant même que les plats arrivent. Il souffle, se lève et récupère la corbeille. Je poursuis : « T'as déjà fait le lien entre ça et ton métier ?

— Toi tu as l'air de l'avoir fait.

— Oui, je me dis que c'est peut-être pour ça que tu es entré au Conseil constitutionnel, pour être dans le saint des saints de la loi juste. Pour remonter la source et savoir ce qui fait qu'une loi est bonne. Ce qui rend la règle parfaite. Puisque la règle de ton père, tu la voyais comme injuste et autoritaire.

— C'est possible. Ce n'est pas aussi pur que ça, loin s'en faut, mais c'est possible.

— Ça fout le vertige, non ?

— Ariel tape des gosses et je réalise que j'ai choisi ma fonction dans le monde à cause de la connerie de mon père. S'il avait fait son deuil comme tout le monde au lieu de devenir *frim,* si ça se trouve je vendrais des radiateurs. »

Nos plats arrivent. Jonas prend une fourchette de hachis parmentier fumant, souffle dessus, n'attend pas et se brûle. Je lui sers un verre d'eau. Il pose ses couverts et me demande : « C'était quoi les règles chez toi ? J'ai du mal à imaginer ta mère en figure autoritaire.

— Elle n'était pas du tout autoritaire. Elle nous laissait tranquilles, j'ai l'impression qu'on se régulait naturellement. Je n'ai pas du tout de souvenir d'avoir été grondée ou punie.

— Mais il y avait des règles ? demande Jonas.

— Je pense que la règle intégrée, c'est qu'il ne fallait pas décevoir ma mère ou la rendre triste, je réponds.

— La règle, c'était les humeurs de ta mère ?

— Ma mère était l'équivalent du Dieu de ton père.

— Ou de toi en ce moment, dit Jonas.

— N'exagère pas ! »

Il prend son petit ton de pédagogue à la retraite pour dire : « Je te laisse y réfléchir...

— ...

— Bon, et ton père ? il demande.

— Mon père, tu sais, tant qu'on ne le dérangeait pas, il ne se mêlait de rien.

— Du coup tu dirais que c'est quoi ton rapport aux règles ?

— Je ne sais pas. Les choses se sont faussées pendant

l'année où j'étais chez Andrée, quand je me prenais des coups à la moindre incartade. Je pense que j'assimile la règle à la violence. L'absence de règle, c'est l'amour de ma mère.

— Du coup tu dirais que ton rapport aux règles est sain ? a demandé Jonas.

— Bien sûr que non. »

Le plat de Jonas est meilleur que le mien. Le plat de Jonas est toujours meilleur que le mien, c'est un autre de ses superpouvoirs. On se tait un moment. Puis nous parlons des règles chez nous, qui ont toujours été assorties de mille exceptions, pour qu'elles ne soient pas vécues comme violentes ou injustes par Ariel.

Quand Jonas voulait dire à son fils de deux ans : « Mange avec tes couverts », il disait : « Ariel, mange avec tes couverts. Enfin mange ton plat principal avec tes couverts, ensuite le fromage, comme tu le mangeras sur du pain, tu peux utiliser tes doigts, pour le dessert si c'est une pomme bien sûr tu peux utiliser tes mains, mais si c'est un yaourt tu prends une petite cuillère. Sachant que certains fruits peuvent se manger avec des couverts, mais pas la pomme, bien qu'on l'épluche avec un couteau qui est un... » À ce stade, je soufflais : « Ariel, ta fourchette ! », et Jonas se vexait parce que je lui avais coupé la parole. Ou alors Jonas décidait d'une règle et ensuite nous la discutions tous ensemble pour la valider.

J'essaie de synthétiser sans le vexer : « Françoise dit que la règle doit venir des adultes et être claire. Peut-être qu'on a passé trop de temps à régler des principes, des sous-sous-principes pour que le fonctionnement familial soit le plus juste possible et que ça a rendu Ariel confus. Peut-être qu'il était trop petit pour être associé aux règles de la maison, que ça l'a insécurisé et qu'avec l'insécurité est venue la peur de l'attaque.

— Mon fils ne sera pas un débile qui applique sans réfléchir, il y a des principes de base quand tu te soumets à une autorité et...

— Jonas, Ariel n'est pas président de la République.

— Pas encore ! »

Avant le café il me demande : « Donc il faut qu'on mette en place un cadre qu'on a décidé nous-mêmes et qu'on l'applique de manière absolue ?

— Je crois.

— Si on le fait, tu vas arrêter de nous crier dessus ?

— Je vais essayer, oui. »

On se tait un moment, puis je propose : « Instaurons la démocratie autoritaire chez nous. Commençons par écrire cette charte dont on avait parlé.

— OK. J'ai toujours rêvé d'être un patriarche autocrate, j'ai eu un excellent modèle. »

Nous n'avons pas eu le temps d'instaurer la démocratie autoritaire. Le lendemain, les restes de la parade ont pris feu.

La journée avait été sombre. À l'école, la maîtresse m'avait remis le carnet de dessins d'Ariel, toutes les pages étaient couvertes de noir et de rouge, représentant des scènes de mort ou de violence. En sortant, le père d'un gamin de l'école nous a tendu un morceau de papier : « C'est une invitation pour le goûter des parents d'élèves, au parc dimanche à 16 heures avec les enfants. » J'ai pris l'invitation et je l'ai mise dans mon sac. Je savais déjà que nous n'irions pas. Hors de question de passer deux heures à surveiller Ariel la peur au ventre au milieu des parents détendus et joyeux, de le forcer à s'excuser toutes les dix minutes et de repartir la tête basse, surtout devant des gens qui veulent porter plainte contre nous.

À la maison, Ariel ne voulait enlever ni son manteau ni ses bottes mouillées. Il voulait qu'on le laisse. Il criait. « Laissez-moi, je veux être tranquille. » On ne peut pas être tranquille avec ses chaussures et son manteau trempés dans l'appartement. Il courait et hurlait : « Non, non,

non, vous êtes nuls, nuls, les pires parents du monde, nuls, je veux changer de famille, nuls, nuls, nuls. » Il mettait de l'eau partout.

Je l'ai attrapé pour enlever ses chaussures et j'étais sur le point de le laisser dans sa chambre pour qu'il se calme quand il a pris une de ses bottes pour la jeter de toutes ses forces. Il a visé le vase du grand-père de Jonas. Le seul objet qu'il avait gardé de son appartement. Le vase a explosé. Pas une brisure nette, qui peut se recoller, mais de tout petits morceaux du dernier souvenir dispersés entre les lattes du parquet.

Jonas a hurlé. Il a attrapé la main d'Ariel et l'a emmené jusque dans sa chambre. Et là, il a pris un jouet au hasard et l'a balancé contre le mur. Ça a fait un bruit sans espoir.

Ariel hurlait pendant que je ramassais les morceaux de vase pour les mettre dans un sac, au cas où il y aurait quelque chose à sauver. Moi aussi je voulais qu'Ariel comprenne ce que l'on ressent quand la colère fait disparaître les choses qu'on aime ou les enfants tels qu'on les connaît. Mais pas comme ça, pas en balançant des objets contre le mur. Je suis allée dans la chambre et j'ai arrêté Jonas. Je l'ai fait sortir pour qu'il aille se calmer ailleurs et j'ai consolé Ariel. « Ne t'inquiète pas. On va réparer ce qu'on peut réparer. Papa va se calmer et on va ranger tout ça. »

Jonas est revenu dans la chambre. « Bien sûr, c'est la faute de papa. Papa est énervé. Papa va se calmer. Mais merde ! C'est pas moi le problème. C'est pas moi qui fous tout en l'air. C'est pas moi qui déglingue cette famille. C'est pas moi ! Et toi, on est censés être une équipe. On est censés se soutenir. Pourquoi tu me balances à la niche ? Tu as vu ce que *lui* a cassé ? Tu sais ce que ça me fait ? Tu cries depuis des semaines et là, quand ça me touche moi, tu ne bouges pas? Tu te rends compte? Et merde, j'en ai marre. Marre. » Et il est allé dans notre chambre pour prendre une valise. Il a commencé à enlever des chemises des cintres pour les plier, puis il a pris son panier à chaussettes qu'il a posé sur le lit. Je lui ai demandé ce qu'il faisait.

« Je me barre. Évidemment que je me barre. Je n'en peux plus de vivre comme ça.

— Tu veux que je fasse quoi? Que je me mette aussi à casser ses jouets et qu'on le regarde pleurer ensemble?

— Non, mais peut-être que tu pourrais te demander ce que ça me fait à moi ce qu'il a fait? Et ce que je ressens ensuite quand tu files le consoler lui? Tu sais que j'existe aussi? »

Ariel est entré dans la chambre et il a arraché les chemises de la valise. « Tu pars pas, papa. Tu pars pas. » Jonas a sorti Ariel de la chambre et a fermé sa valise. Notre fils s'est installé devant la porte d'entrée et a déclaré : « Je reste là. Tu partiras pas, papa. »

Moi, je répétais : « Mais tu ne vas pas vraiment faire ça? »

Je me disais : Jonas part, fais quelque chose, parle-lui. Je me suis baissée à la hauteur d'Ariel pour lui dire de venir avec moi, de ne pas rester devant la porte et il m'a jeté une chaussure au visage de manière si violente que mes lunettes sont tombées.

Le souvenir de ce que fait un coup au visage. J'avais oublié. La violation. La stupeur.

Jonas partait et c'est moi qu'Ariel frappait.

Je n'ai pas réagi, je cherchais en moi une ressource mais je n'avais plus rien.

Jonas est arrivé devant la porte et j'ai répété : « Mais tu vas pas vraiment faire ça? » Ariel a attrapé la valise pour le retenir, mais Jonas a tiré pour le faire lâcher puis il a ouvert la porte et il est sorti.

Je n'ai rien dit, moi qui avais passé presque toute ma vie d'adulte à parler à Jonas. Il a fallu qu'il me quitte pour que je me taise.

J'ai regardé la porte fermée. J'ai senti une vague de larmes profonde et puissante monter en moi. Ce n'était pas le moment. J'ai dit à Ariel que ça allait passer. Que papa était très en colère, mais que ça allait passer.

Il était l'heure de dîner. L'heure de se brosser les dents. L'heure de se coucher et j'étais seule avec mon fils. Maintenant ce serait lui et moi, je l'avais bien cherché. J'avais voulu être la gentille, j'avais réussi. J'étais celle qui restait. J'ai ramassé mes lunettes et je suis allée vers la cuisine pour préparer le dîner. Un pas après l'autre. Le tiroir. La casserole. L'eau. Allumer la plaque de cuisson. Ariel était silencieux.

Plus tard, il s'est brossé les dents, j'ai essayé de lui lire une histoire mais j'en étais incapable. Je l'ai couché et me suis allongée à côté de lui, j'espérais un moment apaisant où naturellement le monde se resserrerait autour de nous deux et laisserait au-dehors les papas qui nous quittent.

Ariel s'agitait dans tous les sens en demandant quand papa allait rentrer. Je me suis levée. Il continuait de réclamer son père, de hurler. Je suis sortie de son lit et j'ai fermé sa porte. Je lui ai dit que papa était parti parce qu'il avait besoin de calme et que s'il l'entendait hurler comme ça à travers la porte, il repartirait. Ça commençait bien la vie à deux. Il a eu peur, il s'est tu. Je suis allée prendre une douche. Un pied devant l'autre. Le carrelage. Monter dans la baignoire. Régler la température. Je ne sais pas depuis quand je n'ai pas dormi seule dans ce lit. Je ne crois pas que ce soit déjà arrivé. Je reste sous l'eau sans me laver. Je sors, m'enroule d'une serviette et je vais me servir un gin. Je retrouve le paquet de cigarettes acheté il y a quelques semaines que j'avais planqué dans un placard et je retrouve un briquet dans la boîte où l'on stocke les bougies d'anniversaire.

Je sors la tête par la fenêtre, avec ma clope et mon verre, dans ma serviette de bain. J'ai froid, tant pis.

Les hommes font ça. Quand ils en ont marre, ils vous trompent avec des femmes qui n'ont pas vos défauts ou vous quittent pour celles qui ne les ont pas encore. Et quand ils pensent que vous ne les soutenez pas assez, ils plient leurs petites chemises dans leurs petites valises et ils s'en vont. Ils claquent la porte. Ils savent qu'on ne pourra pas les suivre, sauf à emmener les gosses avec nous. On ne pourra pas les chercher dans la nuit en pleurant, hoqueter leur nom et les espérer à chaque coin de rue. On restera comme des connes, devant la fenêtre, à sangloter sans bruit pour ne réveiller personne.

Jonas n'est pas beau. Jonas n'est pas joyeux. Jonas ne sert à rien. Il ne répare rien à la maison. Il ne sait pas classer des papiers ou changer des piles. En cas de situation grave, il est un poids. Tout chez lui est superflu.

Rien n'est à lui, ici. Les livres sont les miens, les tableaux aussi. Il y a bien ses vêtements, mais ils sont partis avec lui. Son départ ne changera rien. Nous n'avons pas besoin de lui, à part pour payer sa part du crédit et étendre le linge.

Jonas ne sait pas changer une ampoule, mais Jonas sait

expliquer l'article 5 de la Constitution en faisant parler deux chaussettes.

Jonas ne sait pas conduire, mais Jonas m'a enregistré dix chansons d'amour avec l'accent yiddish.

Jonas est incapable de faire fonctionner la télévision et ne sait jamais quelle télécommande utiliser, mais Jonas m'a invitée dans un restaurant où la carte ne comportait que des plats en référence à notre vie. Il y avait un poulet à la crème et aux champignons dont le nom était *Le premier plat cuisiné à Lucie dans le studio de la rue des Martyrs.* Et un fondant au chocolat appelé *Chez nous, il est toujours trop cuit.* Il s'était arrangé avec le patron du restaurant et un imprimeur pour la carte, il avait prétendu que c'était mon anniversaire, j'avais dû souffler des bougies.

Jonas est incapable de payer une facture à temps et nous recevons toujours des relances et des majorations, mais pour mes trente ans, Jonas m'a offert la réplique exacte de la première voiture que j'ai conduite et que mon frère a plantée dans un arbre. Il avait demandé à un copain de la garer devant notre porte et avait collé sur la lunette arrière un sticker *La meilleure au volant depuis 2006.*

Jonas ne sait pas lancer une lessive sans appuyer sur le bouton d'urgence parce qu'il a oublié quelque chose dans une poche, mais Jonas a appris la guitare pour me chanter « One of These Things First » de Nick Drake.

Jonas ne se souvient d'aucune date et se trompe dans toutes les réservations, mais Jonas a dessiné à Ariel une fresque géante d'un monde imaginaire qui s'appelle Ududo et où vivent des ours pygmées qui s'appellent les Pygmours.

Jonas est une somme de choses inutiles.

De futilités merveilleuses.

Sa présence est si douce que je rêve de me coucher sur lui, avec lui et recouverte par lui. Il est mon fauteuil, mon roman et mon feu de bois.

Et je l'ai dégoûté de moi.

Jonas voulait qu'on se soutienne. Pronom réciproque, comme on s'embrasse, comme on se parle, comme on s'aime.

Je voulais qu'il me soutienne. Pronom réfléchi. Comme je m'apitoie, comme je m'attriste, comme je m'en fous de toi.

Finalement c'est lui qui gagne. On se quitte, pronom réciproque.

Ce matin, avant que l'homme que j'aime n'arrache sa valise des mains de notre fils pour nous quitter, ma mère m'a appelée. Ça lui a pris comme ça, elle a dit : « Je t'appelle parce que je vois que tu t'inquiètes et je voudrais que tu relativises les problèmes d'Ariel. » Ça a bien marché, tiens. Elle m'a demandé : « Tu te souviens quand même que, toi, tu as fait la gueule sans discontinuer entre sept ans et dix-neuf ans ? Et encore, à dix-neuf ans, tu as continué mais simplement on ne te voyait pas tous les jours.

— Maman, n'exagère pas », j'ai répondu.

Le téléphone sur l'oreille, je regardais les voisins, qui, au pied des immeubles anciens, se promenaient dans leur jardin.

« Lucie, tu ne disais pas bonjour aux gens. Tu te cachais derrière tes cheveux en baissant la tête, tu répondais en monosyllabes. Tu étais sinistre. On se disait que ça te passerait, ça n'est jamais passé. Je t'aimais plus que tout et je te trouvais tout le temps des excuses, mais ton père, ça le rendait fou. Tu disais à peine merci, quoi qu'on fasse, c'était nul. »

J'ai soupiré. Je savais tout ça. Ma mère l'avait appelée « la crise d'adolescence sans début ni fin ».

« Le pire c'est quand tu sortais les poissons de l'aquarium pour les torturer.

— Attends, quoi ?

— Ça m'a empêchée de dormir pendant des semaines. On ne s'en était pas rendu compte tout de suite parce qu'on ne rentrait pas dans ta chambre, tu sais qu'on vous a toujours foutu une paix royale à ton frère et toi, vous aviez votre espace. Ça faisait plusieurs jours que j'avais remarqué qu'il manquait des poissons dans l'aquarium. C'étaient ces petits machins colorés que ton frère adorait. Et un jour, je rentre dans ta chambre pour prendre ton panier à linge et je découvre sur ton bureau les petits poissons avec des trous dedans et du sang à moitié séché, tu les avais laissés sur du papier journal. Je ne sais pas ce que tu leur avais fait, j'ai tout balancé à la poubelle. »

En un instant, j'ai revu le bureau de ma chambre d'enfant, mes cahiers poussés sur le côté et des poissons morts que j'avais piqués avec des crayons de papier bien taillés. Je crois que je cherchais le moment où ils cessaient de bouger, la seconde précise où tout s'arrêtait. Les poissons ne faisaient pas de bruit d'agonie, on pouvait les regarder sans empathie, on n'était pas gêné par leur souffrance. J'avais dit à peu près ces mots à ma mère quand elle avait retrouvé le charnier. Elle s'était imaginé le pire, elle me voyait étouffer des camarades silencieusement sur mon bureau et laisser traîner leurs cadavres en tas sur du papier journal.

« J'avais une relation bizarre avec la mort à ce moment-là, sans doute à cause de ce qui s'est passé le matin de l'enterrement de mamie.

— Oh non, ne recommence pas avec ça ! Je t'ai laissée dix minutes avec elle pour que tu puisses lui dire au revoir. Après, tu étais dans la cuisine avec ton grand-père. Il t'avait mis des dessins animés et il te préparait un petit déjeuner. »

Distraitement, j'ai allumé une bougie en me brûlant le doigt avec le briquet. Maintenant, je me dis que j'aurais dû continuer, faire fondre ma peau, la changer en cire. Si je m'étais transformée en femme-bougie, Jonas ne m'aurait sans doute pas quittée. Figée dans la paraffine, j'aurais été son petit Pompéi. Il m'aurait posée quelque part dans le salon, m'aurait parlé de temps à autre, puis plus du tout, et je serais devenue cet objet qu'on emmène avec soi sans plus savoir pourquoi. Les déménageurs lui auraient demandé : « La petite dame en cire, on vous la met où ? », et il aurait pointé un endroit pas trop en vue. Trop grande pour le carton à merdes que l'on fourre sous un lit, époussetée une fois l'an, tenue éloignée des fenêtres et des rayons de soleil, objet de curiosité pour les amis qui viennent pour la première fois. Jonas aurait dit de moi : « Ça ? C'est ma femme, ça lui est arrivé pendant un coup de fil avec sa mère. » Une autre vie. Une vie où Jonas m'aurait gardée.

« À mon avis, tes souvenirs sont flous, je te promets que ça a duré des heures, j'ai dit.

— Je m'en souviens très bien. Je me souviens de chaque minute. C'était insupportable d'enterrer ma mère. Et en plus, je devais m'occuper de vous et de votre tristesse. Vous consoler d'une chose dont je n'arrivais pas à me consoler moi-même. Quand je pense qu'après je suis allée te coller dans les bras de cette folle d'Andrée ! Fallait que je sois malade de chagrin pour laisser ça t'arriver sans m'en rendre compte. »

Après, elle m'a donné une recette de salade dans le détail que je n'ai pas notée et que je lui ai promis de faire dans la semaine.

Je tue les poissons et l'amour des hommes que j'aime. Voilà ce qui restera de moi.

Je suis incapable de rentrer dans notre chambre ou d'approcher notre lit. Sur le couvre-lit, il y avait sa valise et, sous les couvertures, il y a toute notre histoire. Je n'ose même pas y entrer pour récupérer un plaid. Je me couvre d'un gros pull que je trouve sur l'étendoir à linge dans la salle de bains et me recroqueville sur le canapé. Il est minuit.

Je n'ai pas entendu Jonas. Il me l'a dit plusieurs fois, pourtant. Tu ne me soutiens pas, tu nous cries dessus. Combien de fois a-t-il dit : « j'en ai marre » ces derniers mois sans que j'entende ? Ou alors j'entendais, mais je l'attribuais à Ariel. C'est Ariel qu'il ne supportait pas. Je me cachais derrière mon fils pour ne pas me regarder. Ariel révèle ça aussi, nos petites médiocrités qu'il exacerbe.

C'était quoi la phrase de Françoise pendant notre première séance ? « C'est important d'être là l'un pour l'autre, de ne pas concentrer toute votre attention sur Ariel. » Elle disait aussi : « Il faudrait travailler là-dessus. » Comment je commence ? Qu'avez-vous dit encore, Françoise ? Vous avez dit qu'assumer ensemble, c'est la grande épreuve de la parentalité. C'est la grande épreuve tout court, d'assumer ensemble. Jonas dirait que c'est le principe de faire société, d'assumer ensemble. Il dirait aussi que la plus petite société c'est celle que l'on fait à deux.

Il dirait ça de sa voix basse et grave.

J'ouvre les yeux à 4 h 30 dans le canapé et je me rappelle que Jonas est parti. Je ne me rendors pas et je me force à regarder un programme déjà vu mille fois pour passer le temps. Il y a des séries ou des films qui m'apportent un réconfort primaire, presque matriciel. Une impression, en voyant les personnages, d'un retour à la condition amniotique. J'entre dans un univers où rien ne peut arriver, où rien n'est arrivé, où Jonas n'a pas claqué la porte de notre vie. Je me laisse hypnotiser par ce monde où je n'existe plus ou pas encore.

Je ne veux pas réveiller Ariel, je sais qu'il me demandera où est papa et je ne sais pas où est papa. J'aimerais pouvoir le porter endormi jusqu'à l'école et l'y laisser. Ce soir j'aurai sans doute des réponses.

C'est très dur de ne pas écrire à Jonas. C'était très dur hier soir déjà, ça l'est encore plus ce matin. Chaque fois que j'essaie, c'est ma colère qui dicte. Je tape : *Comment tu peux me faire ça espèce de gros lâche* alors que je voudrais lui envoyer autre chose, quelque chose qui dit : j'ai compris, reviens. J'essaie d'écrire : *J'ai compris, reviens,* mais ça me semble trop simple. Je ne peux pas m'écraser et le laisser me traiter n'importe comment, alors je n'écris rien. Ça me soulagerait, c'est certain. Écrire, attendre une réponse, ça me donnerait un horizon. Je n'ai pas les idées claires.

À 7 h 30, je vais réveiller Ariel. Je pense à la phrase de ma mère, *je devais te consoler d'une chose dont je ne savais pas me consoler moi-même.* La première chose qu'il me demande c'est où est son père. Dans son pyjama, les cheveux en bataille, les yeux bleu clair. « Il est où, papa ? » Je mens. Je dis qu'il est passé tôt, qu'il l'a embrassé quand il dormait mais qu'il est reparti, qu'il le reverra ce soir. À moins que Jonas ne se soit tiré une balle dans la bouche, je sais avec certitude qu'il verra Ariel ce soir, il ne le laissera pas comme ça.

Il y a ensuite le petit déjeuner, interminable, l'habillage, les dents, le trajet, long, long jusqu'à la solitude. Pouvoir à nouveau pleurer.

Jonas a dû passer la nuit avec quelqu'un. Je l'imagine soulagé. Comprenant que ce qu'il avait rêvé depuis des semaines, des mois, est arrivé. Il est tranquille, enfin, il peut recommencer. Débarrassé de moi. Il me fera croire qu'il réfléchit à notre relation, à notre avenir, qu'il a besoin de temps, alors qu'il sera au lit avec une fille qui s'appelle Léa ou Anna, les maîtresses ont souvent des prénoms en *-a.* Je sais très bien que les hommes ne réfléchissent pas, qu'ils ne sortent des réponses que s'ils ont un pistolet sur la tempe ou une fille à rejoindre, et pourtant, je le croirai. La tête dans les mains du matin au soir, je l'imaginerai se retourner dans le lit une place de ses parents, cherchant une solution pour qu'on soit heureux alors qu'il m'aura remplacée depuis longtemps.

Je pense à l'église qui se trouve près de chez nous, en

quittant l'école. C'est une paroisse vivante, animée. Le dimanche, les bancs de la messe débordent des familles du quartier. Au lieu de rentrer chez moi, je décide d'aller y allumer un cierge, c'est ce que mon frère fait quand il en a besoin. J'ai toujours trouvé ça ridicule, un vieil héritage de ma mère, mais je n'ai rien d'autre à faire et je ne veux surtout pas rentrer dans mon appartement vide.

Je pousse la lourde porte et j'entre. Je cherche des yeux les cierges. Je veux faire un vœu. Je veux Jonas, rendez-le-moi. Je suis surprise par le son de l'orgue au-dessus de moi et par les chants qui m'entourent. Une messe du matin. Je pense *merde*. En ce moment, je ne pense que *merde*. Les cierges sont devant, près du chœur, là où se trouve le prêtre et je n'ai pas envie que tout le monde me voie. Je préfère rester debout, j'attends d'être assez désespérée pour avancer, pour ne pas penser au regard des fidèles, tous très vieux, qui sont là un jeudi matin et qui vont voir cette femme mal habillée, mal coiffée, les yeux gonflés, allumer sa petite bougie, son petit espoir.

En plus du prêtre, il y a un homme qui chante derrière un pupitre, il marque le rythme avec sa main. « Joie pour nous. La table est prête. Voici le pain rompu. » Plusieurs fidèles chantent avec lui, suivant les paroles sur une feuille. Je les regarde depuis un côté de l'église, près des confessionnaux.

Je n'ai pas prêté attention à ce que fait le prêtre, mais je comprends en voyant tout le monde se lever qu'il prépare le vin et le pain. C'est l'heure de la communion. Doucement, chacun se lève de son banc pour se mettre en rang. Je vois l'église du village de mes parents. Je pense à cette messe où l'on allait chaque semaine, parfois avec ma grand-mère quand elle était chez nous, et à mon frère qui était enfant de chœur et portait les candélabres. En allant communier, ma grand-mère m'emmenait avec elle puis, discrètement, elle coupait l'hostie en deux et m'en donnait une moitié. Le catéchisme du mercredi après-midi commencé à six ans. Les copains avec qui on se moquait de l'aumônier. L'un d'eux s'est tué à dix-huit ans à moto, je revois la messe de son enterrement. Je revois la communion de mon grand frère. Ma mère avait fait venir un traiteur – fait exceptionnel dont nous avions parlé pendant des semaines après –, toute la famille était là, même ceux de Normandie, il avait reçu d'incroyables cadeaux – une montre Casio sur laquelle il y avait des jeux, qui me fascinait et qu'il ne voulait pas me prêter, une gourmette en or blanc –, ma mère avait cousu ma robe et passé des soirées entières à préparer des sachets de dragées pour les invités. Je pense à sa fierté ce jour-là, et à cette photo de mon frère et moi dans le jardin, lui en aube de location et moi dans ma robe jaune.

Je regarde ces gens tendre leurs mains au prêtre pour recevoir l'hostie, certains tendent une bouche ouverte. Je me demande ce que ça leur fait et j'essaie de me rappeler quel goût ça a.

Je n'ai jamais fait ma communion. L'année de mes sept ans, ma mère a balancé le catéchisme, sa foi, la messe, tout. Elle n'a pas supporté la réaction du curé quand elle lui a dit ce qu'Andrée avait fait. Elle n'a pas supporté qu'il n'intervienne pas, qu'il ne compatisse pas, qu'il laisse Andrée fréquenter la paroisse, qu'elle continue à animer des ateliers avec des enfants. Le prêtre avait dit qu'il ne pouvait pas tirer de conclusion sur la base d'une seule plainte, que tout le monde aimait Andrée. Et parce que mes mots n'avaient pas produit le cataclysme que ma mère attendait, il a ajouté : « Ça apprendra à Lucie à avoir la parole humble. » Elle a hurlé : « La parole humble ? » Et elle n'est plus retournée à l'église. Elle a arrêté la messe, arrêté de fréquenter son groupe, arrêté les visites dans les prisons, arrêté la distribution de nourriture aux sans-abri. Elle s'est engagée autrement et je n'ai pas fait ma communion. Je n'ai pas eu la belle fête, le traiteur, l'aube de location, la gourmette, la montre Casio avec des jeux dessus. Toutes mes copines du catéchisme ont reçu leur sacrement le même dimanche et, le lendemain, elles sont arrivées à l'école avec le bijou qu'elles avaient reçu et des histoires de dragées, d'invités et de cadeaux. Elles racontaient en riant leur peur de dire amen, le goût de l'hostie qui ne leur avait pas plu.

Ça aussi, Andrée me l'a pris. La fête en aube, les amis, la fierté de ma mère.

J'ai envie de réparer ça. De recevoir ce rituel, d'être avec ces gens. Je veux faire partie de ceux qui ont le droit de se lever et de se mettre en rang, comme tous ceux de ma famille. J'ai envie de finir mon catéchisme, d'être accueillie par un prêtre, qu'on me dise que j'ai ma place, que c'est mon monde. J'ai envie qu'on me tende le corps du Christ et de faire semblant d'y croire. Ariel peut être juif avec son père et je peux rester moi-même. Je ne suis pas obligée de laisser l'histoire de Jonas déteindre sur moi, surtout maintenant qu'il est parti. Je peux la soutenir, la respecter sans m'effacer. Je peux exister, et mon monde aussi.

En sortant de l'église, je découvre sur mon portable plusieurs appels en absence et un SMS de Jonas : « Où es-tu ce matin ? » Je lui réponds que je vais travailler à la maison, alors que je sais que je n'arriverai jamais à me concentrer. Il me répond : « J'arrive. » Je rentre très vite, je monte les escaliers en courant, je m'empêche de réfléchir, je me concentre sur mon mouvement et quand je mets la clé dans la serrure, la porte est fermée à double tour. Il n'est pas arrivé. Il ne me reste qu'à attendre et ressasser les mêmes questions, les mêmes peurs. Je m'assois sur le canapé et je regarde le mur. Ça va être ça ma vie maintenant, regarder le mur et attendre Jonas. Attendre ses visites, attendre qu'on s'échange Ariel, espérer tirer de lui plus que des conversations sur l'organisation de la garde, sur les dates des vacances. Quémander.

J'entends la porte s'ouvrir. Normalement en arrivant, Jonas fonce vers la salle de bains pour se laver les mains. C'est la première chose qu'il fait. Si cette fois il va se laver les mains, c'est qu'il veut gagner du temps, c'est qu'il n'est pas impatient de me voir, c'est qu'il me quitte. S'il vient directement dans le salon, c'est que je lui ai manqué, c'est qu'il m'aime un peu, c'est qu'il reste quelque chose.

J'entends ses pas venir vers moi. Il s'installe sur le canapé qui me fait face. Évidemment, je le trouve magnifique. Il s'est changé, il a utilisé les vêtements de sa valise. Il me fixe avec un air si triste que j'ai envie de le consoler, alors qu'à ce moment-là, je le hais. Je le hais de nous faire ça.

Il parle le premier et il dit qu'il est désolé.

Je ne réponds rien, j'attends de savoir de quoi il est désolé. D'être parti douze heures ? De partir pour toujours ?

Il dit qu'il a été horriblement con, que notre mariage est ce qui compte le plus pour lui, mais qu'il n'en pouvait plus, qu'il voulait que je réagisse, puisque me parler ne suffisait pas. Et moi, bien sûr je réponds que je vais changer. Je dis que je vais le soutenir, arrêter de crier, commencer une thérapie. On pleure tous les deux. J'ai envie de le serrer et de lui taper dessus.

« Il faudrait aller chercher Ariel ce soir, qu'il te voie, qu'il soit rassuré. Tu as dormi où ?

— Chez mes parents. »

Quand ils l'ont vu arriver avec sa valise, Serge et Michelle ont demandé ce qui se passait. Jonas a essayé d'expliquer nos divisions, notre patience et notre énergie avalées par Ariel. Son père lui a donné la réponse qu'il prépare depuis des années et dont ma mère m'avait parlé. Le problème, ce n'est pas Ariel mais notre mariage. Notre fils est malheureux parce qu'il vit un conflit interne, qu'il ne connaît pas son identité, qu'il est l'exemple parfait des dangers de la mixité. Pour Serge, les communautés et les règles existent pour une bonne raison et en les enfreignant on s'expose à *ça*. *Ça*, c'est Ariel.

« Qu'est-ce que tu lui as répondu ?
— Je lui ai dit qu'il était malade. Que s'il avait été capable de faire le deuil de son père correctement, il ne nous aurait pas imposé cette vie débile avec ses principes d'arriérés. Que c'est à cause de ça que je suis déréglé et que je n'arrive pas à éduquer mon fils, à lui fixer un cadre clair et rassurant. »

Serge a pris un ton de supplicié et il a répondu : « Tu oses me parler comme ça sous mon toit ? et devant ta mère ? », puis il s'est tourné vers sa femme : « Non mais explique-moi, toi qui le défends tout le temps, en quoi les règles de la maison ont un rapport avec ce qu'il se reproche ? Depuis quand le respect des traditions fait des pères laxistes ? » Jonas a hurlé : « Laxiste ? laxiste ? », puis il a craché une somme d'horreurs dont il a honte ce matin. Michelle s'est mise à pleurer et a dit : « Maintenant vous arrêtez » d'une voix qui force à constater le désordre laissé dans une pièce. Jonas s'est tu, Michelle a proposé de préparer des infusions et elle est partie dans la cuisine.

Quand elle est revenue avec son plateau, Jonas s'attendait à ce qu'ils changent de sujet. Mais en regardant le petit sachet colorer son eau bouillante, elle lui a expliqué qu'il n'avait aucune idée de ce que Serge et elle avaient vécu, de ce que c'était d'avoir des parents rescapés et le reste de leur famille assassiné. Est-ce que Jonas s'imaginait comment était la mère de Michelle après avoir vécu dans une cave et perdu ses parents ? Et son père, est-ce que Jonas comprenait bien d'où revenait son père ? Ce qui était tatoué sur son bras ? Et en dehors de la maison, à l'école, dans la rue, ce que c'était de vivre au milieu des goys tous vivants ? Elle a dit que les hommes comme Serge, ceux qui se sacrifient pour la communauté, ceux qui respectent la tradition, sont ceux qui la maintiennent en vie. Que c'est un devoir et que les libéraux comme Jonas, les laïques qui se promènent comme si leur culture devait durer toujours, comme si la responsabilité reposait sur les autres, quelle honte, mais quelle honte ! Elle a conclu d'un « on ne te dit rien sur ton mode de vie, mais que tu oses critiquer le nôtre, alors là... »

« Tu as réagi comment ? je demande.

— J'ai dit que je comprenais. Ils croient que parce que je ne fais pas comme eux, je ne comprends pas les injonctions dont ils parlent, que je ne me sens pas coupable. Ils ne se rendent pas compte que j'avais besoin de m'échapper de ça, que je n'avais pas envie de passer ma vie avec quelqu'un qui a les mêmes angoisses que moi. Mais pour l'instant je ne peux pas le leur expliquer sans que ça dégénère. »

Jonas voulait m'écrire après tout ça, mais il n'arrivait pas à se calmer et, ce matin, il ne voulait pas arriver au moment où Ariel se réveillait, il ne voulait pas lui réimposer une crise. Ensuite, il a essayé de m'appeler mais je ne répondais pas.

« J'étais à la messe, mon portable était dans mon sac. D'ailleurs, ce n'est peut-être pas le meilleur moment pour te le dire mais j'ai envie de faire ma communion.

— La communion, c'est la fête où on vous arrose avec de l'eau ?

— Non, ça c'est le baptême. La communion, c'est le sacrement pour recevoir la communion, l'hostie, le corps du Christ. Avant de la faire je vais devoir aller au catéchisme, apprendre les bases.

— Tu vas étudier la Bible à partir de Jésus ?

— Le Nouveau Testament.

— Tu me raconteras, je connais que l'Ancien, je n'ai jamais lu le deuxième tome. »

Je n'ai pas tellement envie de rire. Je lui explique que j'ai eu très peur, que ce n'est pas anecdotique de claquer la porte et de me laisser derrière, que ça ne s'oubliera pas comme ça. Il me prend dans ses bras, longtemps, et je sais déjà que si, je l'oublierai comme ça.

III

Dans les jours qui suivent, je m'impose un optimisme obtus. Je me dis que nous allons y arriver, que notre histoire survivra à Ariel, que c'est aussi notre rôle de le contenir comme ça, avec deux parents qui restent ensemble, qui ne dérivent pas.

Un soir, après qu'il s'est endormi, nous décidons de nous lancer dans la rédaction de la Charte des Droits et des Obligations d'Ariel (CDDA). C'est une façon d'agir, d'empêcher que les choses ne continuent à dégénérer. Ariel a besoin d'une structure, de règles qui le contraignent et le protègent des autres, et notamment de nous. Moi aussi j'en ai besoin.

Je pensais que nous allions ouvrir une bouteille de vin, sortir du pain et du gorgonzola, écouter Sidney Bechet et réfléchir empiriquement à dix règles qui pourraient nous changer la vie. Jonas n'est pas du genre à raisonner empiriquement, Jonas est du genre à débarquer dans le salon avec la Convention internationale des droits de l'enfant, le Code de l'éducation et le Code civil. D'ailleurs, il le fait.

Il dit : « S'il faut faire les choses, autant les faire sérieusement. » Puis : « Idéalement, ensuite il faudra présenter la charte à l'ensemble des parties impliquées, ce incluant Ariel et les adultes en charge de son éducation. » Ce incluant... Qu'est-ce que vous voulez répondre à ça? Je sors quand même le vin et le gorgonzola.

Jonas s'installe, ouvre ses bouquins et se met à faire des allers-retours entre les index, les Conventions et les Codes. Il note des choses en fronçant les sourcils sur des feuilles blanches qu'il a rapportées du bureau. Moi je me fais des tartines en écoutant de la musique. Je cherche dans mes souvenirs ce sur quoi nous sommes hésitants ou velléitaires, je pense à ce qui pourrait sécuriser Ariel, ce qui lui permettrait de s'exprimer tout en se sentant contenu. Je réfléchis à ce qui nous permettrait de fixer un cadre et qui ne nous donnerait pas des boutons, qui ne nous collerait pas un uniforme de gendarme sur le dos. Au bout d'un moment, Jonas me dit : « On n'aura pas assez d'une soirée », puis : « Il faut qu'on puisse penser un plan et le laisser mûrir. » J'hésite entre hurler et aller me coucher mais je prends une feuille blanche et un stylo. « Bon, allez, on commence par l'article 1, on se détend, c'est pas la Constitution. »

J'écris : « Les enfants ont le droit d'avoir un avis, les avis bien sûr c'est merveilleux, mais les parents ont le droit de s'en foutre totalement, de ces avis, et d'imposer des trucs quand même. Exemple : les légumes, le traitement anti-poux. » Je prends des poses de grâce présidentielle, une attitude clémente mais assertive à laquelle Jonas ne résiste pas. Il défronce d'abord les sourcils, puis il se gratte la tête et enfin il sourit. Je le laisse traduire mes idées avec ses mots compliqués et nous rédigeons nos neuf articles dans la soirée.

CHARTE DES DROITS ET DES OBLIGATIONS D'ARIEL (CDDA)

1. Les parents ont un statut différent des enfants du fait de leur âge, de leur expérience et de leur qualité d'éducateur. De ce fait, ils n'ont ni les mêmes droits, ni les mêmes obligations.
2. Les parents ont légitimement le droit de prendre des décisions éducatives contraignantes.
3. Ariel est en droit de s'exprimer librement sur toute question l'intéressant. Son opinion pourra être prise en considération en fonction de son âge et de son degré de maturité sur les sujets.
4. L'expression de l'opinion de chacun devra suivre les règles de mesure et de respect de l'autre.
5. Ariel a droit au respect de son intimité, de ses écrits, de ses dessins et de sa correspondance qui ne pourront pas faire l'objet d'immixtion arbitraire, sauf mise en danger immédiate ou risque avéré de non-respect des règles de la charte.
6. Ariel et les parents respecteront leur lieu de vie et l'ensemble des objets qui s'y trouvent. Ils participeront activement à leur entretien et leur maintenance eu égard aux capacités propres à leur âge. Ils s'interdisent toute démarche active pouvant conduire à leur dégradation.
7. Les légumes et les fruits pendant le repas ne sont jamais négociables peu importent les situations d'anniversaire, de vacances, de bon comportement ou d'extrême tristesse.
8. En cas d'infraction aux règles, la punition d'Ariel sera juste et mesurée. Elle ne pourra jamais se matérialiser

par de la violence verbale ou physique sur lui-même ou sur ses affaires.

9. Toute personne au contact d'Ariel a droit au respect de son intégrité physique et morale. Aucun adulte ou enfant ne doit subir du fait d'Ariel violence, menace ou injure.

La version définitive de la charte est préparée par Jonas, de son écriture appliquée et délicate. Le lendemain, il accroche la feuille sur le frigo après avoir patiemment expliqué à Ariel le sens de toutes les règles et leur portée. Ariel demande : « Mais c'est des lois faites juste pour moi ? », puis il part dessiner dans sa chambre porte fermée en déclarant : « J'ai le droit au secret de mes dessins et de mon intimité. » Je prépare du thé et je mets « These Days » de Nico pendant que, par la fenêtre, les arbres frémissent dans le jardin du voisin.

Ariel regarde les règles tous les jours. Il a ajouté des dessins sur la feuille et des autocollants pour se les approprier. J'ai enlevé les photographies et les magnets qui décoraient depuis des années la porte du frigidaire, pour que les règles prennent toute la place. Nous avons envoyé une photo à Françoise, elle l'a félicité.

Il la voit toutes les semaines en tête à tête ou lors d'ateliers d'habileté sociale. L'atelier d'habileté sociale n'est pas un lieu d'accueil pour enfants trouvés dans les bois mais des temps d'échange pendant lesquels les patients de Françoise se retrouvent pour apprendre à supporter le chaos des autres. Elle les observe, leur explique comment réagir, leur fait faire des exercices pratiques. Ariel y apprend des techniques pour s'exprimer sans violence ou pour jouer sans exploser.

Françoise considère qu'il progresse grâce aux règles de la charte et aux ateliers qui l'ancrent dans un référentiel social clair. Ce que je ne lui dis pas, c'est que le référentiel clair qu'il a intégré c'est que si on tire trop sur la corde, les papas font leur valise. J'ai appris la même leçon que lui et je me suis calmée. Quand Ariel discute, je rappelle la règle et la plupart du temps, cela fonctionne. Je me suis découvert une voix d'autorité, basse et ferme, une voix qui porte des bottes, une polaire sans manches et que l'on appelle à la rescousse pour calmer une jument. Je l'utilise pour redire le cadre et déguiser les grossièretés qui me viennent.

Je rencontre la maîtresse d'Ariel ce matin pour savoir si les choses progressent à l'école. Je vais seule à la réunion, Ariel reste avec Jonas qui le déposera plus tard. Avant de partir, il y a quelques minutes, Jonas a posé sur ma tête un baiser réverbérant qui pousse mes jambes jusqu'à l'école. Je sonne à 7 h 55 et Marthe, la gardienne, m'ouvre la porte. À cette heure, il n'y a personne dans les couloirs. Les lumières ne sont pas toutes allumées, il n'y a aucun bruit, l'ambiance est morose. Je monte les escaliers jusqu'à la classe et j'ai du mal à respirer. Je sais que mon fils perturbe les autres, rajoute du travail aux adultes, les épuise, je ressens le poids d'Ariel sur les épaules de la maîtresse, c'est lui qui comprime mes poumons.

En entrant dans la classe, je salue la maîtresse et nous nous installons sur les petites chaises au milieu des pots pleins de pinceaux, des jeux de société, des affiches présentant les jours de la semaine et le calendrier des anniversaires.

« Bon, je ne sais pas pour vous, mais ici c'est devenu presque normal, elle me dit.

— Le normal des autres ou le normal d'Ariel ? je demande avec la sensation de desserrer d'un cran ma cage thoracique.

— Le normal d'Ariel, mais c'est déjà très bien. On sort d'une période très dure, il ne voulait plus travailler, il était en opposition permanente, c'étaient des coups tout le temps. Il y a eu la menace de plainte des parents de Martin… C'était très dur.

— Je sais, je suis vraiment désolée, je... »

Je sens que mes yeux s'embrument.

« Mais ça va mieux. Ça a été si difficile que maintenant les petites vigilances pour éviter les crises me paraissent presque faciles. »

Jonas dirait que c'est l'histoire de la chèvre.

C'est un père qui vit dans une toute petite maison avec sa femme et leurs cinq enfants. Le lieu est exigu, ils se tapent tous sur le système, personne n'a d'intimité, il est difficile de se concentrer ou d'avoir un moment de calme. Le père va voir le rabbin et demande de l'aide : « Rabbi, ma maison est trop petite, je dois en changer mais je n'ai pas l'argent, que faire? » Le rabbin lui conseille d'acheter une chèvre et de l'installer dans la maison. Le père s'étonne mais lui fait confiance et le lendemain, sur le marché, il achète une chèvre et l'installe chez lui. Une semaine plus tard, il retourne voir le rabbin : « Rabbi, la chèvre n'a rien arrangé, c'est comme avant mais maintenant en plus la chèvre abîme les meubles, elle fait ses besoins partout, elle mange notre nourriture, elle dort sur les lits, la maison est devenue irrespirable. » Alors le rabbin lui répond : « Garde un peu la chèvre et tu verras. » Deux semaines plus tard, le père revient, la situation est invivable, ses fils en sont venus aux mains, le prétendant d'une de ses filles a renoncé à l'épouser à cause de l'état de leur maison. Il dit : « Rabbi, c'est pire que tout, pire que pire. » Le rabbin lui dit de retirer la chèvre, de la vendre sur le marché et de revenir deux jours plus tard. Le père vend la chèvre, et quand il revient, le rabbin lui demande : « Alors comment ça va? », et le père dit : « Oh, beaucoup mieux, merci, Rabbi! » Le rabbin demande encore : « Et comment trouves-tu ta maison? », le père répond : « Oh, calme, un bonheur, et grande, grande! »

La maison était toujours petite, mais il avait suffi de faire entrer et sortir la chèvre. Pour l'entourage d'Ariel, il avait suffi que la violence devienne incontrôlable pour que son étrange état normal semble presque acceptable. La maîtresse ajoute : « Hier, Ariel a laissé sur la table un crayon qu'il utilisait, le temps d'aller aux toilettes, et quand il est revenu, un camarade l'avait pris et dessinait avec. En le voyant, il a dit : "C'était mon crayon, tu peux me le rendre ?" Vous imaginez ? »

J'imagine, je mesure le progrès, je crois même que je souris. Il n'a pas hurlé. Il ne lui a pas arraché des mains. Il ne lui a pas mis de coup de pied. Il a demandé.

L'horloge indique 8 h 19, les autres enfants vont arriver. Je la remercie, je m'excuse encore, mais cette fois je ne me mets pas à pleurer en la forçant, en plus du reste, à me consoler. En bas, je croise Marthe qui s'apprête à ouvrir les portes de l'école : « La maîtresse vous a dit que ça allait mieux ? J'ai l'impression qu'on le retrouve comme avant. »

Je tiens la porte à tous ces parents qui entrent et ne connaissent pas l'école vide et morne. J'attends Jonas qui accompagne Ariel en classe et nous allons fêter ensemble le premier rendez-vous avec la maîtresse qui ne se finit pas dans les larmes. Nous commandons un petit déjeuner complet et nous trinquons avec nos tasses à café. Jonas jubile : « Il a demandé qu'on lui rende le stylo ! On va y arriver ! On va y arriver ! »

Le soir, Ariel refuse d'aller se coucher comme on le lui demande, il dit qu'il veut jouer, qu'il n'est pas si tard.

« Tu es censé te réveiller dans onze heures et c'est exactement le nombre d'heures de sommeil qu'il te faut, je dis.

— Comment tu le sais ? il demande.

— Parce que c'est écrit dans ton carnet de santé et que les adultes savent ce genre de chose.

— Nul ! »

Je me projette mentalement dans un centre équestre, paille, odeur de merde, et de ma nouvelle voix j'ordonne : « Ariel, tu vas te coucher, c'est comme ça. »

Il répond quelque chose comme « injuste, c'est injuste », puis il traîne les pieds jusqu'à son pyjama et se glisse dans son lit.

Jonas et moi nous tapons discrètement dans la main. Faites des gosses bizarres, vous aurez des joies simples.

Françoise pense que la prochaine étape est d'inscrire Ariel à une activité en dehors de l'école, pour développer ses compétences sociales autour de quelque chose qui lui plaît. De préférence une activité de groupe, comme un sport collectif ou une chorale.

Nous en parlons tous les trois et Ariel annonce qu'il aimerait jouer du soubassophone. Je soupire. Nous aurions accepté n'importe quelle activité normale et fédératrice. Tout, sauf le soubassophone, cette espèce de tuba géant dont on ne peut jouer que debout et qu'on retrouve dans les fanfares. « Ariel, on ne peut pas jouer du soubassophone à six ans, tu veux pas faire du basket plutôt ? » Ariel me répond qu'il a peur des ballons et je défie qui que ce soit de trouver un sport collectif qui se joue sans ballon.

Jonas tempère : la chorale se résume à un spectacle par an et on est sûrs qu'Ariel sera sélectionné. Ariel est d'accord pour chanter mais il voudrait aussi apprendre un instrument de musique qui se joue en marchant. Jonas propose la trompette et nous trouvons un compromis. Françoise dit que la trompette, ce n'est pas collectif. Combien de fois encore vais-je souhaiter la mort de Françoise ?

Nous inscrivons Ariel à la chorale.

Peu de choses disent plus frontalement « cet enfant n'aura jamais d'amis ou alors ceux dont personne d'autre ne veut » qu'une chorale d'enfants de six ans. Jonas juge que c'est un raisonnement de barbare, tous les élèves du conservatoire ont des heures de chant et de chorale, c'est indispensable quand on apprend un instrument. Il faut préciser que Jonas, enfant, apprenait le solfège, le piano, et faisait partie d'un club d'échecs, des activités censées le distraire de l'école. Pendant que moi, je traînais au skatepark et je regardais la télé en mangeant des gâteaux.

Quand nous l'accompagnons au cours d'essai, je regarde Jonas avec un air si désespéré, un regard si plein de mon regret de cette vie qu'il me dit : « Essaie de ne pas tout ramener à toi, Lucie, s'il te plaît, la question n'est pas de savoir si, *toi*, tu aimes la chorale. » C'est une salle sans fenêtre, aux murs jaune triste. Au fond se trouve un piano et trois pupitres côte à côte, qui attendent de trouver leur place. Ariel file vers un mur et s'y adosse puis il se met à tripoter les partitions. Nous saluons le professeur de musique. Il est vêtu d'un pantalon avec des poches sur le côté, de sandales en cuir et d'une chemise à manches courtes vert sauge. Il porte un catogan et une barbe. Il a l'air strict mais enveloppant des dames qui font les prises de sang.

Nous lui demandons si nous pouvons rester pour le cours. Il nous prend pour ces parents qui fétichisent tout ce que font leurs enfants, comme si nous rêvions de passer une heure à écouter des chansons sur les feuilles et l'été. Il nous dit que ce n'est pas habituel, que les parents attendent généralement dehors, alors nous sortons et nous allons prendre un café.

C'est un samedi tiède, je passe mon temps à enlever

ma veste et la remettre. À la terrasse, nous vérifions notre montre toutes les cinq minutes. Jonas regarde le dépliant du centre de musique, les photos d'enfants ravis de taper sur un tambour ou de tourner les pages de leur partition.

« On devrait faire un deuxième enfant », il me dit.

Je ne comprends pas.

« Je suis sérieux, Ariel commence à s'apaiser, on va y arriver, maintenant on connaît le truc du cadre, on peut le faire. Tu n'aurais pas envie de ça ? D'un deuxième bébé ?

— Je suis à peine en train de me remettre de ta crise, Jonas, on ne va pas être l'un de ces couples qui font un deuxième enfant pour réparer leur mariage !

— Tu trouves notre mariage abîmé ?

— Tu as fait ta valise pour partir il y a un mois !

— Mais tu sais que je ne voulais pas vraiment le faire. »

Un silence, puis il reprend.

« Lucie ?

— Quoi ?

— Pour de vrai, réfléchis-y, moi je suis prêt.

— Tu es prêt là, mais attends dix minutes qu'on récupère Ariel et on en reparle. »

Quand nous entrons dans la salle, nous trouvons notre fils au milieu des autres et les choses semblent normales. Ses yeux sont bleus et ses bras détendus. Jonas va voir le professeur et je file vers mon fils.

« Ça a été ?

— Un peu oui et un peu non, me répond Ariel.

— C'est quoi le un peu non ?

— On chantait "Y a des yaourts à tout", c'est une chanson qui parle de yaourts avec des goûts bizarres et à un moment, ça dit : "Y a des yaourts aux vers de terre qu'on mange avec un lance-pierre, à la bave d'escargot c'est pour les costauds." Et en fait, le garçon à côté de moi il a sorti sa langue et il a fait semblant de baver sur moi.

— Beurk. Tu as fait quoi?

— Je l'ai poussé, je lui ai dit de me lâcher. »

Voyant ma tête, il ajoute : « Promis il n'a pas pleuré. »

Je lui prends la main, on va saluer le professeur et nous sortons avec Jonas.

« Le professeur a dit quoi? je lui demande.

— Que c'était dommage qu'Ariel n'ait pas voulu tout chanter et qu'il ne fallait plus qu'il pousse les autres, que ça perturbait le groupe. »

Sur le chemin de la maison, je fredonne la chanson d'Anne Sylvestre, « Y a des ya- ya-, y a des yaou-, y a des yaourts à tout ». Ariel nous reparle de la trompette. Je lui demande pourquoi il tient tant à jouer de la musique debout et il me dit : « Pour être dans une fanfare!

— Tu veux jouer dans une fanfare?

— Oui comme celle du défilé de la Saint-Nicolas. Le trompettiste était très fort, et le joueur de soubassophone encore plus! Tous les enfants les regardaient et ils jetaient des bonbons et tout le monde les aimait.

— OK, on va t'inscrire. C'est vraiment ça que tu voudrais?

— Oui, plus qu'un temple maudit ou qu'un pays de sucettes, même plus qu'un petit frère!

— T'es sûr, plus qu'un petit frère? demande Jonas.

— Non pas plus qu'un petit frère quand même, juste plus qu'un temple maudit. »

Nous étions venus pour la chorale et je repars avec une chanson et un enfant dans la tête.

Je me suis trompée, les adultes ne vont pas au catéchisme mais au catéchuménat, qu'il est très difficile de prononcer sans rire. C'est un groupe disparate de grandes personnes qui veulent se faire baptiser ou faire leur communion. Il y a une ambiance de mixité sociale façon stage de récupération de points de permis. Les réunions ont lieu le jeudi soir à l'aumônerie. Je m'y suis inscrite quelques jours après le retour de Jonas, je ne voulais pas perdre de temps et risquer de changer d'avis.

Je me sens un peu en décalage au milieu des autres parce que je ne crois pas en Dieu et que je fais ça pour autre chose. Je ne peux pas expliquer à mes camarades que je suis là pour finir mon enfance et pour réparer la foi de ma mère. Je ne veux pas dire non plus mon souhait de laisser une place à ma famille, aux mines, au milieu de la grande histoire de Jonas. Je m'imagine encore moins me présenter en disant : « Tout a commencé le lendemain du jour où mon mari a fait sa valise... » Alors quand on a fait le premier tour de table, j'ai menti, j'ai prétendu que mes parents n'étaient pas pratiquants, que je cherchais des réponses à mes questions et j'ai parlé de mon attirance pour l'Église et pour la liturgie. La liturgie... Pour faire bien, j'ai ajouté que je me sentais enfant de Dieu et que j'étais remplie de l'amour du Seigneur.

J'ai une copine dans le groupe qui s'appelle Ariane. Elle a une cinquantaine d'années, elle est médecin, née d'une famille athée, et elle vient de se faire baptiser. Elle a un rapport mystique à Jésus. Elle dit qu'en le regardant sur la croix pendant un mariage, elle a reçu un choc esthétique si violent qu'elle n'a plus arrêté de penser à lui. *Lui*. Elle est parfaitement saine d'esprit par ailleurs, elle aime ses enfants, elle fait du tai-chi, elle prescrit des antispasmodiques et elle pense au corps de Jésus. Un soir où on avait un peu bu, je lui ai demandé si son rapport à Jésus n'était pas essentiellement érotique. Elle a dit : « Toi alors », et a pris ça pour de la provocation, alors que j'étais très sérieuse. Jonas dit qu'il est plus facile d'être amoureuse de Jésus que de Job. Fantasmer sur un jeune mec à cheveux longs qui diffuse des messages de paix, c'est à la portée de tous, mais fantasmer sur Job avec sa lèpre et son troupeau crevé, c'est ça la foi.

Il y a aussi Patrice, un boulanger qui s'est fait baptiser pour se marier religieusement avec sa femme. Il veut maintenant pouvoir communier avec elle et, plus tard, leurs enfants.

Bertrand est le tuteur qui m'accompagne sur ce qu'il appelle mon chemin de foi. Il porte des pulls à col polo et des mocassins gris qu'on achète en pharmacie. Il est celui qui anime les messes, celui que j'ai vu chanter quand je suis entrée dans l'église le matin où Jonas avait quitté la maison. Bertrand est retraité des assurances et vit dans un appartement loi de 48 à loyer bloqué dans lequel il a grandi avec ses parents. Je le sais parce que Bertrand parle beaucoup. Quand on s'est rencontrés, il m'a annoncé que nous nous lancions ensemble dans une aventure de sincérité et qu'il souhaitait que j'arrive à trouver la joie de la présence de Jésus dans ma vie. Je lui ai expliqué que je n'aimais pas que le prêtre nous demande de donner la paix à nos voisins de banc, que j'avais peur de les regarder dans les yeux et de leur dire : « la paix du Christ », que je me contentais de répondre à ceux qui se tournaient vers moi, que je n'allais pas à la rencontre des autres. Et avec le vocabulaire que je réserve à Bertrand, je lui ai dit : « J'ai l'impression qu'on attend de moi quelque chose de grand comme la foi alors que je me sens petite comme l'obole. » Il m'a répondu que la paix du Christ est un message d'amour à l'autre, que c'est en m'y forçant que je le comprendrai et que, pour Dieu, je suis grande comme la foi et précieuse comme l'obole.

Sacré Bertrand.

L'église se trouve sur une place en bas de la rue Mouffetard et fait face à plusieurs cafés sous des platanes. Le dimanche matin, un accordéoniste joue de vieilles chansons pour faire danser les passants et une femme distribue les paroles pour ceux qui préfèrent chanter. Les paroissiens s'inscrivent dans le décor. Quand ils sortent de la messe vers midi, ils s'installent aux terrasses ou rejoignent les danseurs.

Je retrouve mon groupe à la messe le dimanche, avec leurs familles, c'est très joyeux. La première fois que Jonas est venu, il m'a fait remarquer : « C'est intéressant les mécanismes qui se jouent chez vous, votre présence n'est pas une question de survie, on ne sent pas de culpabilité... Ce côté dominant, ce côté on ne risque rien, c'est ça qui vous permet d'être dans l'accueil absolu, de tendre la main. C'est sûr que c'est plus sexy que chez nous. »

J'avais quelques souvenirs d'enfance du déroulement d'une messe, mais j'étais incapable de répondre à l'unisson comme mes voisins. Les premières semaines, je m'installais sur les bancs à l'arrière, je regardais les gens chanter, réciter, s'agenouiller, et je me laissais bercer. Je ne comprenais pas vraiment le sens des lectures ou des homélies, mon esprit était loin, je ne recevais que des mots, quelques expressions, parfois ça m'accrochait, souvent non. En vérité, je me foutais des Évangiles et je me méfiais des curés depuis qu'ils avaient fait pleurer ma mère.

Le prêtre qui s'occupait des catéchumènes était du même bois que celui de mon enfance, le genre Compostelle sournois. En dehors des messes, il organisait des séjours de marche et de recueillement, il se promenait ventre en avant et mains dans les poches, l'air gaillard et rassurant. Nous le voyions le jeudi pour des cours de liturgie, où il arrivait systématiquement en retard. Il avait une façon bien à lui d'entrer dans une pièce, une façon de poser, de nous regarder discuter sans rien dire mais de guetter nos yeux. Quand, sentant son poids, nous finissions par nous taire et nous tourner vers lui, il ouvrait les bras en disant : « Mes chers amis, quel plaisir de se retrouver. » Ensuite il dissertait sur les valeurs de l'Église avec les paraboles d'usage, puis il nous posait des questions sans écouter les réponses et nous coupait la parole sans jamais nous la redonner. Il parlait d'une voix doucereuse et grave, une voix d'éclair au café.

Il y avait un autre prêtre que l'on voyait pendant les messes, plus calme, aux lunettes patientes, qui nous appelait frères et sœurs. Nous l'aimions beaucoup, mais naturellement il s'effaçait derrière l'autre.

Sur mon banc, je laissais mon esprit dériver pour éviter de me poser trop de questions, pour limiter le risque de m'enfuir et de renoncer en entendant les prêtres parler de sang du Christ, de résurrection de la chair, de rémission des péchés. Je ne croyais pas à tout ça. J'avais grandi avec des chansons, des livres et des films qui se moquaient des bondieuseries, ma mère critiquait constamment les grenouilles de bénitier, j'étais destinée à rejeter totalement l'Église. Je savais que ma mère avait des sentiments plus ambivalents, qu'elle travaillait à s'approprier une décision qui lui avait été imposée, que si Andrée ne m'avait pas tapé dessus, elle aurait continué la messe. Mais les termes qu'elle employait, son rejet, celui de Brassens, de Renaud que j'écoutais en boucle à l'adolescence étaient incrustés en moi aussi profondément que les règles élémentaires de politesse. Je ne pouvais pas entendre « sang du Christ livré pour nous » sans me dire que je trahissais mon groupe, celui qui préférerait être au bistrot qu'à la messe.

Pourtant, j'étais là tous les dimanches. Je voulais faire ma communion, je voulais l'aube, l'hostie, la fête, le traiteur, la famille, les amis et les cadeaux. Je venais reprendre ce qu'Andrée m'avait volé, parce que j'en avais marre que la violence se tire avec des morceaux de ma vie et me pousse en dehors du monde. Je voulais un semblant de contrôle. Je ne pouvais pas changer Ariel en claquant des doigts, je ne pouvais pas forcer Jonas à m'aimer inconditionnellement, mais je pouvais venir tous les dimanches matin, avec Ariane et Patrice, écouter parler de la Bible et recevoir un sacrement. Et puis le prêtre doux parlait parfois de fraternité sans fioritures d'Église et ça me touchait.

Quand il fallait résumer aux copains qui ne comprenaient pas, je disais : « au moins je suis au calme ». Le dimanche entre 11 heures et midi, je n'étais la mère de personne, je ne ratais aucune éducation, je ne faisais fuir aucun mari, on ne me demandait rien, j'étais avec des copains, les chants étaient entraînants, ça me suffisait.

Un dimanche, je suis rentrée à la maison en chantonnant « La sagesse a dressé une table », Ariel était dans sa chambre, Jonas préparait le déjeuner. Il m'a dit : « C'est un peu flippant ce sourire béat, on dirait que tu as vu la Vierge.

— Ils sont forts avec leurs chansons, c'est à la fois apaisant et stimulant.

— C'est comme ça qu'ils vont te choper. À force d'entendre parler de Dieu, tu vas finir par y croire.

— Sûrement pas.

— Non toi, tu aimes juste chanter avec les vieux du quartier dans une ambiance papier d'Arménie?

— Moi je ne chante pas, j'écoute. Et c'est de l'encens, j'ai répondu.

— C'est pareil. »

Je me suis levée pour allumer l'enceinte, j'ai mis « Bless the Telephone » de Labi Siffre, qui me fait toujours penser au début de mon histoire avec Jonas. J'ai souri en entendant les premiers mots de la chanson.

« Et pour Ariel? a demandé Jonas.

— Quoi Ariel?

— Tu ne vas pas avoir envie de le baptiser? Parce que ton sacrement, si ce n'est pas de la foi, c'est de la culture, et si c'est culturel tu vas vouloir lui transmettre, non? »

Je n'avais aucune envie de mêler Ariel à tout ça. Les gamins qui accompagnaient leurs parents à l'église, qui se faisaient baptiser, à qui on apprenait des gestes, c'était très joli. Mais moi, je n'avais rien à transmettre. J'étais, dans ce voyage en catholicité, comme à l'arrière de la voiture de mes parents. J'écoutais les conversations, la musique, je regardais le paysage, je me sentais en sécurité. C'était une façon d'être en enfance dont j'avais besoin, une façon de finir de grandir, de reprendre où je m'étais arrêtée. Je ne voulais m'occuper de personne, je voulais qu'on m'emmène.

Et je me persuadais qu'une fois que j'aurais reçu mon sacrement, je pourrais convaincre ma mère. Je pourrais lui dire : souviens-toi, tu as fait ça pendant des années et ensuite à cause de moi tu as arrêté, maintenant tu peux recommencer. Ce que tu as perdu par ma faute, je te l'ai retrouvé.

« Ariel n'a rien à voir là-dedans », j'ai répondu.

Ce que je ne disais pas à Jonas, c'est que je profitais aussi de la messe pour penser à Stéphanie et lui pardonner ce qu'elle ne m'avait pas fait. Si je lui en avais parlé, il aurait pris le ton satisfait de celui qui l'avait dit et redit et m'aurait pressée de lui écrire. Je préférais penser à elle sur mon banc quand je le voulais, prendre le temps qu'il me fallait. Elle me visitait en pensées quand j'entendais les mots « pardon » ou « offense » dans un chant ou un texte. Je la voyais, loin de ce samedi à Reims, elle était une abstraction qui se laissait porter avec moi et qui disparaissait quand je me levais du banc et que je sortais de l'église.

C'est dans cet étrange état qu'un dimanche matin j'ai compris que je lui avais pardonné, que ma colère n'avait plus aucun sens, que son absence me coûtait trop. Les fidèles sortaient à la fin de la messe et je suis restée assise sur mon banc, sonnée, comme légèrement ivre. J'ai quitté l'église par les portes latérales pour éviter le prêtre odieux qui saluait chaleureusement les fidèles sur le parvis de l'église. Je suis restée un moment sur la place, à regarder les gens, à me demander comment recontacter Stéphanie. J'ai repéré Jonas qui m'attendait assis à une terrasse, le nez sur son téléphone. Ariel n'était pas là, il déjeunait chez ses grands-parents. J'ai embrassé les lèvres toujours douces de Jonas et j'ai passé mon nez dans son col, pour sentir son odeur rassurante de cèdre et de linge propre. Il a commandé deux cafés et j'ai déclaré : « Je vais écrire à Stéphanie.

— Alléluia », il a répondu.

J'ai ouvert les messages associés à son nom et j'y ai trouvé toutes ses tentatives de me contacter depuis ces deux dernières années. J'ai écrit : « Désolée, Albert, j'étais partie chercher mes allumettes. Figure-toi qu'elles étaient dans ma poche. On se voit samedi prochain? Je viens à Reims, même pour cinq minutes. » J'ai montré mon message à Jonas, il a dit : « Oh, pitié, mais dis-lui que tu veux de nouveau être sa copine et qu'on en finisse. »

Quand les cafés sont arrivés, nous avons croisé Bertrand, mon tuteur. Il m'a demandé ce que j'avais pensé de la messe, si j'avais aimé l'homélie. Je lui ai assuré que ça m'avait beaucoup touchée. Bertrand partait, tout sourire, vers la rue Censier, sa baguette sous le bras. Bertrand est le genre d'homme qui n'oublie jamais de rapporter le pain.

L'écran de mon téléphone s'est allumé. Stéphanie.

« Roger, je serai au Grand Café juste en face de la gare à partir de 9 heures et je n'en bougerai pas sans toi. »

J'ai souri bêtement.

C'était un chouette dimanche.

« Tu devrais quand même dire à Bertrand que tu ne crois pas en Dieu, que tu aimes seulement te faire bercer par le chant des retraités, m'a dit Jonas.

— Je ne peux pas, ça ruinerait la magie. »

Au mois d'août, nous louons une petite maison en Bretagne, comme tous les étés. Nous la quittons en milieu d'après-midi pour aller à la plage. Dans le coffre de la voiture, le sac avec les serviettes, le goûter, des vêtements de rechange et, à côté, le seau transparent et une épuisette. Une belle épuisette en bois avec un filet en corde solide.

Ariel et Jonas préfèrent la plage qui est sur la route des falaises depuis que les voisins nous ont dit qu'il y avait parfois des tourteaux et des araignées de mer à marée basse. Avant cela, nous allions à pied à la plage du bourg, avec son petit bar qui sert des huîtres et du vin blanc à toute heure et où traînent les vieux qui font des blagues sur les Parisiens comme nous. La plage du chemin des falaises est sauvage, on ne peut y venir qu'en voiture ou par des chemins de randonnée. Il n'y a pas de vieux sur des murets, mais des cinquantenaires dynamiques qui arrivent en courant et se baignent aux premières lueurs, des familles nombreuses et des groupes de copines retraitées qui marchent dans l'eau en combinaison de plongée.

En arrivant sur le sable, Ariel balance ses sandales et part en courant. J'installe les serviettes et m'assieds en regrettant ma chaise sur la terrasse du bar. Jonas court derrière Ariel, le seau et l'épuisette à la main, et ils disparaissent derrière les rochers.

La marée baisse, mais les nageurs sont toujours là. Les pêcheurs à pied ne sont pas encore arrivés. C'est un entre-deux. Dans le sable, il y a des trous d'eau chaude où baignent des petites crevettes et des coquillages que l'océan a laissés là en se retirant. Depuis quelques mois, la colère d'Ariel se retire de la même manière et ça laisse dans nos journées des flaques de joie, avec de la vie dedans. Ce sont des choses invisibles pour les autres, des moments qui n'arrivent pas, des anticipations qui deviennent inutiles et, finalement, une sorte de paix, un petit bain qui chauffe au soleil.

Au bord des vagues, des enfants construisent une forteresse avec leur père. Le plus jeune fait des allers-retours pour chercher de l'eau avec un seau, le plus âgé joue l'architecte et celui du milieu s'applique à bien tasser le sable pour que tout se tienne. J'aime le sérieux qu'ils mettent à construire quelque chose qui se fera balayer par la mer ou sera écrasé à pieds joints par un gamin jaloux.

Un énorme chien beige passe à côté d'eux et bondit dans la flotte. Il récupère un morceau de bois et le dépose, dégoulinant, aux pieds de la femme qui l'accompagne. Santiags, jean délavé rentré dans les bottes, gilet bleu électrique, cheveux blonds décolorés et tête de whisky au comptoir. J'imagine son odeur de cuir et d'ambre. Elle ramasse le bâton, lui renvoie et il repart. Elle ne l'attend pas et vient s'installer juste à côté de moi, pourtant la plage est grande.

Elle sort un livre de la poche arrière de son jean et s'assoit sur le sable. C'est un titre de la Série noire, les nouvelles éditions. De près, je vois les ailes d'aigles piquées sur ses santiags. Le chien vient vers elle, elle l'appelle « ma belle » et lui caresse la tête. La chienne repart en courant et la femme s'allume une cigarette. Je n'avais pas senti cette odeur sur la plage depuis un moment, ça doit être interdit maintenant. Quand j'étais petite, mon père fumait des Gitanes et les enterrait dans le sable. Elle, elle a fait un petit trou pour la cendre et une fois éteint, elle range le mégot dans son paquet.

Je parviens à distinguer le titre de son livre. C'est *Le petit bleu de la côte Ouest* de Jean-Patrick Manchette. « Et il arrivait parfois ce qui arrive à présent : Georges Gerfaut est en train de rouler sur le boulevard périphérique extérieur. » C'est la première phrase du livre. Stéphanie la disait chaque fois qu'on arrivait à Paris, à l'époque je ne savais pas différencier le périphérique intérieur du périphérique extérieur. Je crois que je ne sais toujours pas. J'ai envie de lui écrire : « Une femme en santiags lit JPM juste à côté de moi, en fumant sur la plage, la Bretagne est très années quatre-vingt en fin de journée », mais mon téléphone est resté dans la voiture. C'est si bien de pouvoir penser à Stéphanie sans me forcer à ne plus l'aimer. Je lui ferai une note vocale ce soir pour lui raconter les santiags.

Je me lève pour aller me baigner. À l'approche de l'eau, j'enlève le haut de mon maillot de bain. J'entre dans les vagues seins nus sans me préoccuper d'être vue. Je regarde les falaises qui s'étendent et je devine, quelque part, mes pêcheurs d'été. Je m'allonge dans l'eau sur le dos, le soleil sur le visage, libre.

Je rejoins la plage quand les nuages couvrent le ciel. Ariel arrive en courant alors que je me sèche : « Maman,

maman, regarde ! » Jonas porte un seau vert qui déborde de flotte. Je regarde et comme tous les jours, il y a des crabes dedans. Cinq ou six. Je n'aime pas voir ça, je pense à celui qui est faible dans le tas et qui doit paniquer au milieu des géants qui lui grimpent dessus. Des gosses arrivent de partout pour observer le contenu du seau. Je n'y connais rien en pêche aux crabes, mais je crois, vu la réaction qu'il suscite chaque fois, qu'Ariel est une sorte de génie des étrilles et des crabes verts. Je l'ai vu faire, il inspecte tous les recoins avec patience, jusqu'à repérer dans l'obscurité d'une grotte ou du dessous d'un rocher une paire d'yeux et des pinces. Alors, sans peur, et avec une infinie délicatesse, il les attrape sans les blesser pour les déposer dans son seau. Les gamins se poussent pour les regarder, même la femme qui lit Manchette lève la tête vers nous. On lui pose des questions et il répond, très fier, qu'il les a trouvés là-bas, derrière les rochers, avec son papa, mais que c'est un travail de persévérance. Il est sur le point de leur montrer le coin, mais il s'interrompt en voyant la forteresse de sable. Il va être jaloux. Il va sauter dessus ou attaquer les gamins qui l'ont construite. Jonas a la même peur que moi. On se raidit. « Maman, t'as vu cette forteresse incroyable ? » Les sourcils ne sont pas froncés, les yeux ont le bleu clair de la mer derrière lui. « C'est moi qui l'ai faite avec mes frères ! » dit l'un des gamins autour du seau. Ariel les accompagne pour regarder de plus près, en laissant son seau au sol. Il revient vers nous quelques minutes plus tard : « Je vais aider mes copains à décorer le château avec des coquillages. »

Jonas s'allonge sur le sable et pose la tête sur ma cuisse. Je caresse les boucles de ses cheveux, en regardant Ariel déposer des coquilles sur les tours de la forteresse. Je ne le quitte pas des yeux, tout peut exploser en une seconde. Dans le seau à côté de moi, les crabes continuent leur chevauchée carcérale. Je suis impatiente qu'Ariel les libère.

Il dit au revoir avec la main aux gamins du fort, s'arrête dans un trou d'eau, y ramasse quelque chose et vient s'asseoir à côté de nous. « Regarde, maman! » Un bigorneau rampe sur son avant-bras. Jonas se redresse et lance : « Ça marche aussi avec les bigorneaux! » Ariel répond : « Oui, c'est parce que c'est un escargot des mers. » La Dame au Manchette le regarde en se marrant.

« Les escargots adorent Ariel, j'explique.

— J'avais jamais vu un bigorneau grimper sur quelqu'un », elle répond avec une voix éraillée.

Ariel approche son avant-bras et touche les antennes du bigorneau avec son nez, on dirait qu'ils s'embrassent.

« Oui, c'est mon truc à moi, dit-il, très fier. Tu veux que je le mette sur toi?

— C'est gentil, chéri, mais je déteste la bave, elle répond.

— Moi aussi, mais seulement la bave de chien! Les escargots, c'est pas de la vraie bave de bouche.

— Tu sais que j'ai une chienne qui bave pas? elle demande.

— C'est même pas possible, répond Ariel. Tous les chiens bavent. »

La Dame au Manchette appelle sa chienne. « Bianca, viens, ma belle. » La grosse chienne beige court vers nous, la gueule ouverte. Ariel se lève d'un bond et se cache derrière Jonas. Sa propriétaire la fait asseoir : « Regarde, pas une goutte de bave qui sort, tout est dans la bouche! » Ariel observe de loin, dans le dos de Jonas. Il dit : « Ah ouais », et se rapproche.

« Comment t'as fait ?

— Je lui ai appris. »

J'essaie de la visualiser apprenant à sa chienne à déglutir ou à s'essuyer la bouche avec sa patte. J'ai envie de lui demander comment elle y est parvenue, mais j'ai peur qu'elle me parle de son chien comme si c'était un être humain ou qu'elle l'appelle « ma fille ». Ariel, lui, ne pose pas de question, « je lui ai appris » est une explication qui lui suffit.

« Pourquoi t'as peur de la bave, toi ? il demande.

— Je ne sais pas si je peux te raconter ça, je sais pas quel genre de petit garçon tu es.

— Je suis courageux. »

Soudain, j'ai très peur.

« Bon, alors, je te raconte. Quand j'avais ton âge, mon père était très malade. Il faisait des crises d'épilepsie, tu connais ?

— Non.

— C'est comme des attaques du cerveau, comme un éclair dans la tête. Le corps devient tout raide comme quand on meurt, sauf qu'il a des grosses secousses comme un tremblement de terre. Quand ça s'arrêtait, mon père bavait beaucoup. Ça me faisait très peur. »

Quelle charmante histoire à raconter à un enfant de six ans qui dessine la mort et l'angoisse à longueur de journée.

« Parce qu'il était mort ?

— Non, il ne mourait pas, mais j'avais l'impression que si.

— Oui, mais comme il n'était pas mort, tu devais être contente après.

— Oui, j'étais soulagée chaque fois.

— Et maintenant il est mort ?

— Oui, mais parce qu'il était très vieux. Mais j'ai toujours peur de la bave et ça, Bianca l'a compris, hein, ma belle ? »

Et elle caresse la tête de sa chienne aux babines obéissantes. Ariel regarde son bigorneau ramper sur son avant-bras. Il fronce les sourcils et il dit : « Tu sais, d'habitude je ne reste pas à côté des chiens.

— Bianca n'est pas un chien comme les autres.

— Oui, mais je ne veux pas la toucher quand même.

— Elle n'aime pas trop qu'on la touche de toute façon.

— Tu lui diras que ce n'est pas pour lui faire de la peine, dit Ariel.

— OK, je lui dirai. »

La femme aux santiags se lève et frotte ses fesses avec ses mains pour enlever le sable de son jean. Elle dit : « Allez, on y va, ma belle », et colle son bouquin dans sa poche arrière.

« On va relâcher les crabes, Ariel ? demande Jonas.

— Oui, mais attends, je préviens mes copains, je leur avais promis. »

Les garçons de la forteresse suivent Ariel jusqu'aux rochers et, dans une des grottes où il les a trouvés, il libère les crabes en retournant doucement le seau. Ils dévalent la paroi, certains tombent du bon côté et filent aussi vite qu'ils le peuvent, d'autres atterrissent sur le dos et sont retournés par l'un ou l'autre des enfants. Et puis, Ariel dépose son bigorneau sur un rocher.

« Salut, escargot des mers chéri ! »

Dans la voiture, j'ouvre les fenêtres, même s'il fait frais dehors. Je laisse entrer le vent du dernier jour de vacances, Jonas lance « Starman » de David Bowie. Ariel chantonne le « da da da » du début pile au bon moment, je bats la mesure sur le volant et Jonas hoche la tête de gauche à droite. Maillot de bain humide sous le short, sable dans les cheveux, lumière de fin d'été à travers les arbres.

Tout à l'heure, il faudra faire les valises, ranger et nettoyer la maison. La vraie vie reprend bientôt.

De retour à Paris, Ariel a fait sa rentrée à l'école primaire. C'est une nouvelle école, une nouvelle maîtresse, un nouveau directeur, de nouveaux camarades. Un nouveau départ dont nous attendons beaucoup.

Il est revenu de son premier jour très content d'avoir une place à lui, sa propre trousse et de ne plus avoir à se disputer pour les stylos. Nous rencontrons la maîtresse rapidement après la rentrée, nous voulons qu'elle sache que l'on est avec elle, qu'elle peut compter sur nous. Cette fois, nous avons rendez-vous à l'heure du déjeuner, l'école grouille d'enfants qui hurlent et jouent. La maîtresse est de taille moyenne, mince, et ses cheveux gris sont attachés en queue-de-cheval. Elle est d'un dynamisme pressé, presque brutal.

En nous entendant arriver, elle arrête de ranger sa classe et nous installe au fond de la pièce, dans un espace bibliothèque. Je regarde les titres, les affiches de livres offerts par les maisons d'édition, Ariel doit être heureux ici. Jonas est concentré, il joue avec son alliance en fronçant les sourcils. La maîtresse commence en nous expliquant qu'elle n'est pas impressionnée par Ariel et ses étrangetés. Elle est au bord de la retraite, des enfants difficiles, elle en a vu défiler. Quand il commence à s'énerver, qu'il risque de déborder, elle le laisse se cacher dans une tente qu'elle a fait monter pour lui. Parfois, il parle dans sa tente ou il la fait bouger pour faire rire les autres. Sur un ton agacé, elle nous dit : « Ça, faire rire les autres, il sait faire.

— Ils rient de ses bêtises ou ils se moquent de lui ? demande Jonas.

— Oh, ils rient avec lui, il amuse la galerie. »

Je ne regarde pas Jonas, mais je sais qu'il pense comme moi. Faire rire les autres, c'est aussi bien que le soubassophone, aussi bien que distribuer des bonbons dans un défilé.

Elle prend le cahier où elle liste, à la fin de chaque journée, les problèmes rencontrés dans la classe. Elle fronce les sourcils et nous lit les écarts de conduite d'Ariel pendant ces trois premières semaines : il a poussé une gamine dans l'escalier pour être le premier à la cantine, il a balancé son goûter parce qu'une fille avait postillonné dessus, il a refusé de faire un jeu collectif parce qu'il a peur des ballons, il n'a pas voulu chanter les chansons sur les feuilles mortes qui le rendent triste, il a fait des ombres chinoises avec le rétroprojecteur, il a mis de la colle dans les cheveux d'un gamin qui lui avait roté dans l'oreille. Elle attend de nous des sourcils froncés, des têtes de punitions qui vont tomber.

« Il y a aussi le problème des dessins... », poursuit-elle.

Nous connaissons le problème avec les dessins : la mort, la rage, le sang et toutes les angoisses d'Ariel qui vous agrippent la rétine.

« Il passe son temps à dessiner les autres. »

Les autres dans les flammes ? Les autres déchiquetés par des vautours ? Les autres dans une fosse à purin ?

« Il dessine les autres et... ? demande Jonas.

— Il les dessine en animaux et ça les embête.

— Quel genre d'animaux ?

— Des chats, des dinosaures, des moutons, mais ça embête ses camarades et il continue, il a du mal à respecter leurs limites. »

Jonas se tourne vers moi et me dit : « Tu sais qu'hier il nous a dessinés ? Moi je mangeais un cookie et toi tu lisais un livre !

— Non ? On était vivants ? j'ai répondu.

— Oui ! Et j'étais en couleurs !

— C'est pas vrai ? Génial ! »

Elle nous regarde comme des demeurés, puis reprend ses notes, cherche d'autres choses à nous dire et conclut : « Bon, eh bien, de toute façon, s'il se passe quelque chose je vous le ferai savoir... » Nous nous dirigeons vers la sortie et, sur le mur, au milieu des affiches de lettres de l'alphabet en majuscule et en cursive, je vois le règlement intérieur de la classe. Je le photographie. Elle me dit : « Il le connaît, vous savez, on l'a lu tous ensemble. » Puis elle nous pousse dehors, il est 13 h 20, les enfants vont remonter en classe.

Le soir, Jonas recopie le règlement de la classe sur une feuille pour l'accrocher sur notre frigo. Une manifestation classique de son double fétichisme pour les règles de loi et la calligraphie. Il s'interrompt pour aller chercher un verre d'eau et me demande : « Tu sais que d'après l'article 7, les enfants peuvent venir à l'école avec des billes et un livre ? » Ariel feuillette un magazine sur le canapé. Je lui demande ce qu'il pense des billes et il me répond sans lever les yeux : « J'en veux pas, si quelqu'un me bat et me les prend, je vais taper et vous allez être tristes. »

Quand j'étais enfant, j'ai perdu une partie avec un calot en jeu. Le gamin qui m'avait battue avait tendu la main vers moi en disant « donne » avec autorité. Son air de petit conquérant merdique, sa façon d'exiger ma bille m'avaient tellement agacée que j'avais balancé mon calot dans une bouche d'égout en disant : « va le chercher ». Si je raconte cette histoire, Jonas va encore dire qu'Ariel tient de moi alors je me contente de répondre : « C'est sans doute un peu tôt pour les billes. » Jonas et Ariel choisissent un livre et le mettent dans son cartable.

Quelques jours plus tard, nous fêtons Roch Hachana, le nouvel an juif, puis Kippour avec les parents de Jonas. Le dimanche, je vais à la messe. Nous arrivons à tout faire vivre ensemble.

Pour Soukkot, Ariel fabrique une cabane avec Serge.

Et au mois de décembre, nous nous retrouvons pour fêter le dernier jour de Hanoukka chez mes beaux-parents.

Hanoukka est la fête des Lumières. À l'époque où la Judée était gouvernée par Antioche, les Hébreux n'avaient pas le droit de pratiquer leur religion et ils devaient suivre les rites grecs. Antioche avait imposé que le temple de Jérusalem soit voué au culte de Zeus. Les Hébreux qui se révoltaient se faisaient massacrer. Finalement, une poignée de résistants, les Maccabées, ont réussi à reprendre le temple qui avait été profané et où presque tout avait été détruit. Ils ont voulu allumer la menora dans les débris, normalement elle ne doit jamais s'éteindre. En fouillant, ils ont retrouvé une fiole d'huile qui n'aurait dû tenir qu'une journée. Ils ont allumé la fiole et ont veillé sur elle. À la fin du premier jour, elle ne s'est pas éteinte, le jour d'après non plus. Elle est restée allumée et a brûlé pendant huit jours. Depuis, Hanoukka dure huit jours et chaque soir on allume des bougies, on chante une chanson, on mange de la nourriture qui a baigné dans l'huile et on offre des cadeaux aux enfants.

Les six premiers jours de fête, au coucher du soleil, Jonas et Ariel ont mis leur kippa, chanté le « Maoz Tsour » et allumé les bougies chez nous. Ce soir-là, nous clôturons la semaine de fête de la même manière, mais chez les parents de Jonas. Je suis mal à l'aise quand je dois chanter en hébreu devant sa famille, parce que je me trompe souvent et que je sens le regard de mon beau-père sur moi, j'ai l'impression qu'il lit sur mes lèvres. Ce jour-là, je m'en fiche. Je les laisse chanter sans moi et je souris bêtement, les mains sur le ventre.

Michelle pose sur la table les beignets frits fourrés et saupoudrés de sucre qu'elle a achetés dans la boutique bleue de la rue des Rosiers. La tante de Jonas les coupe en deux, ce qui est moins présentable mais donne l'impression d'une multiplication des pains. En prenant son deuxième morceau, Ariel dit : « Mon cadeau de Hanoukka, c'est que je vais être grand frère ! » Michelle ouvre de grands yeux, elle demande : « C'est vrai ? » Nathalie tape dans les mains, toutes les deux sourient et me regardent avec un drôle d'air. Elles se demandent ce qui se cache dans mon ventre, ce que je leur réserve cette fois-ci. Ce bébé est un coup de sonnette en début d'après-midi, une porte qui va s'ouvrir sur un champ des possibles, le sourire d'un ami de passage ou le dos d'un gamin qui part en riant. Je dis : « c'est chouette non ? », elles répondent : « et comment ! », dans un unisson qui les fait hurler de rire. Serge pose la main sur l'avant-bras de son fils : « C'est bien, Jonas.

— Ton grand-père aurait été heureux et il aurait été

content de l'apprendre un soir de Hanoukka, ajoute sa tante.

— Tu te souviens ? Il te donnait des pièces tous les jours, il adorait les *latkes* de ma mère, il te gavait de beignets », ajoute Michelle.

La tante sourit.

« Parce que c'est la fête de l'espoir, elle dit.

— C'est surtout une fête qui nous rappelle l'importance de rester fidèle à ce qu'on est, répond le père de Jonas.

— Je crois que pour pépé, c'était avant tout la semaine des trucs frits », conclut Jonas en tendant un gâteau à Ariel.

C’est Jonas qui organise la fête de ma communion, lui qui envoie les messages d’invitation, qui réserve le restaurant et qui m’accompagne pour essayer l’aube de location où rentrer mon corps à huit mois de grossesse.

La cérémonie a lieu le jour de la Pentecôte, en même temps que Chavouot pour les parents de Jonas. Nous savons qu’Ariel leur en a parlé. Sa mère a posé des questions à Jonas et son père a fait comme si de rien n’était. Il ne voulait surtout pas parler de la *shikse* qui reçoit un sacrement catholique avec un fils de l’Alliance dans le ventre. Pour le rassurer, Jonas a parlé de la circoncision du bébé qui allait bientôt naître et a répondu aux questions de sa mère sur le traiteur qu’il faudrait réserver. À la simple idée d’organiser une nouvelle Brit Milah dans mon salon, de penser au mohel, au scalpel et aux soins d’après, j’angoisse. J’ai dû avouer à Jonas qu’il m’arrivait de prier le dimanche pour que le bébé naisse sans prépuce. Il m’a dit : « je sais, je comprends », il n’y a rien d’autre à dire.

Je rentre dans l’église avec la fatigue et l’agitation consécutives à une insomnie de grossesse. Je rejoins mon groupe de catéchumènes et nous nous asseyons au premier rang.

Les copains qui sont venus assister à la cérémonie sont au fond. Jonas et Ariel s'installent quelques bancs derrière moi, à côté de ma mère. C'est son grand retour dans une église après trente ans d'absence. Elle est aussi fébrile que moi, on est comme deux gouttes d'eau tremblotantes sur un pare-brise.

Tout le monde se lève quand arrivent les prêtres, le diacre et les enfants de chœur dans les odeurs d'encens. Bertrand, derrière son pupitre, agite sa main et on se met à chanter. Je me tourne vers ma mère, elle lit le programme posé sur son genou qui s'agite de haut en bas. Le prêtre que je n'aime pas a quelques mots pour nous, mais il ne nous nomme pas. De toute façon, je déteste qu'il prononce mon prénom avec son ton de pâtisserie dévoyée.

Pour une fois je me concentre sur la messe, j'essaie d'empêcher mon esprit de dévier et je trouve ça bien plus long que d'habitude. Enfin, les enfants de chœur tendent la coupe d'hosties et le calice au prêtre. Notre moment arrive. Je ressens cette peur propre aux instants longtemps espérés. Comme si les semaines passées à attendre déferlaient soudain pour contraindre ma respiration, pour s'assurer que je saisis l'importance du moment.

Le prêtre s'avance devant l'allée et je me lève de ma chaise en regardant Patrice qui me dit : « allez, c'est parti ». Tous les catéchumènes se placent en ligne devant le prêtre, je suis entre mes deux copains, je garde mes mains sur mon ventre. Je me demande si, pour recevoir l'hostie, je devrai poser la gauche au-dessus de la droite ou l'inverse et si quelqu'un le remarquera. J'observe ce que font les autres comme s'il s'agissait d'une chorégraphie complexe. Devant moi, Patrice sourit à ses enfants une seconde puis il baisse la tête.

Quand mon tour arrive, je suis très anxieuse. C'est le prêtre sournois qui va me faire communier pour la première fois, je n'ai pas envie de le regarder dans les yeux. Je fais deux pas, je lève la tête, il me fixe et je soutiens son regard. Il tient l'hostie à la hauteur de mon front et dit : « le corps du Christ ». Il pose un petit rond blanc et plat dans mes mains. Je me concentre pour répondre : « amen » distinctement. Je fais un pas sur le côté et je regarde l'autel, comme on nous l'a appris. Debout, le monde derrière moi, je ne pense pas au corps de Jésus, je ne pense pas qu'il est mort sur la croix pour nos péchés ou quoi que ce soit de ce genre. Je pense à la photographie des frères de mon grand-père devant l'entrée de la mine, aux chansons communistes en italien qu'il me chantait, au petit déjeuner qu'il m'a préparé le jour le plus triste de mon enfance. J'ai un souvenir dans sa cuisine, mon grand-père étale du beurre sur un morceau de baguette et me le tend. Je me demande si ce geste auquel je pense chaque fois que je prépare une tartine à Ariel est celui qu'il a fait pour moi juste avant d'enterrer sa femme dans une église comme celle-ci. Je pense à ma grand-mère, à sa façon de chanter à tue-tête, à son sourire quand elle me donnait un morceau d'hostie en douce. Je vois l'église de mon enfance et tous ces moments passés à m'y ennuyer. Je vois les fêtes paroissiales où je croisais Andrée, je pense à sa façon de mettre la main sur ma tête devant les autres. C'est fini tout ça, Andrée est enterrée, l'église de mon enfance n'est plus la mienne. La mienne est ici, à Paris. Je suis comme ma mère, comme mes grands-parents et leurs parents, je fais partie de ce monde-là, même mariée à un homme juif avec des enfants juifs, je suis comme eux, je reçois ce sacrement qu'ils ont tous reçu avant moi. Je suis allée le chercher et je l'ai eu, je le tiens dans la main. Allez, amen tout le monde. Je mets l'hostie dans ma bouche. Je pensais qu'elle croustillerait mais elle colle à mon palais, j'essaie de la déloger avec ma langue et je regarde Ariel. Je vais l'emmener visiter la mine, on ira voir mes grands-parents au cimetière, on emmènera ma mère.

Je me réinstalle sur mon banc, avec mes copains. On se sourit, on se tape dans la main, on est fiers, je touche mon ventre, beaucoup.

Les prêtres et le diacre continuent à distribuer la communion aux fidèles qui forment maintenant une file dans les allées de l'église. Je me tourne pour sourire à Jonas. Du menton, il me montre ma mère qui attend debout dans l'un des rangs, tête baissée et mains jointes.

Ma mère va communier. Pour la première fois depuis trente ans. Elle aussi reprend ce que la violence lui a volé. J'ai du mal à le croire. Elle toujours si catégorique, elle qui nous avait dit : « Plus jamais, vous m'entendez ? d'ailleurs, je vais me faire débaptiser. » Les curés et les Andrée ont fini de chasser ma mère. Elle est de retour.

Le prêtre pose l'hostie dans sa main. Je ne vois pas son visage et ne peux rien y lire. Elle fait un pas de côté et regarde vers l'autel. Elle fait un signe de croix puis, lentement, elle retourne s'asseoir à côté d'Ariel. Elle le regarde et lui sourit avec un air de pot de confiture ouvert en douce. Après avoir regardé à droite et à gauche, elle coupe l'hostie en deux et lui en tend la moitié. Ariel la met dans la bouche en riant, il sait que c'est interdit. Elle tourne ensuite la tête vers moi et je vois ma grand-mère. Nous rions toutes les deux.

Je passe les dix minutes qui suivent à me laisser emporter par les chants, à me retourner pour regarder Jonas,

Ariel et ma mère, dans un état de bonheur qui n'a rien à voir avec Dieu.

En sortant, je les rejoins et Jonas, qui nous a vues ricaner, nous dit : « Vous pourriez avoir un peu le sens du sacré », et on rit de nouveau. Nos amis viennent vers nous et, avec eux, Michelle et Nathalie que je n'avais pas vues, qui avaient dû suivre la messe du fond de l'église. Elles me prennent dans les bras et me disent que c'était magnifique, ce qui est très exagéré.

Je ne peux pas bouger, je n'ai rien d'autre à faire que regarder autour de moi. C'est toujours pareil les chambres d'hôpital, le lit médicalisé, les murs blancs, le pied pour la télé fixée au mur, la fenêtre qui donne sur d'autres fenêtres. Je bascule ma tête en arrière sur l'oreiller et c'est le plafond sordide quadrillé et grisâtre, celui des salles des fêtes et des bureaux de poste. Je soupire bruyamment, comme ça, la tête enfoncée dans l'oreiller. Puis je tourne la tête à gauche vers les quelques objets sur la table de chevet, le livre que je n'aurai pas l'énergie de lire, mon téléphone, la montre qu'on vient de m'offrir. Je la portais en arrivant, alors Jonas l'a posée là.

On me l'a offerte dans le restaurant que Jonas avait réservé pour le déjeuner de ma communion. Un endroit aux murs chauds, avec une grande baie vitrée et un bar en bois brut, juste en face de l'église. Les tables avaient été poussées sur le côté pour que l'on puisse déambuler et il y avait sur les plateaux des mini-quiches, des mini-cakes, des spirales de légumes en forme de fleurs et d'autres choses qui ressemblaient à ce qu'avait préparé le traiteur le jour de la communion de mon frère, et qu'à sept ans je trouvais raffinées et merveilleuses. Mon père avait aussi préparé de la charcuterie avec les sangliers qu'il avait chassés et des poissons qu'il avait pêchés et fumés lui-même. Il avait brinquebalé tout ça dans sa voiture sur la nationale 4. Mon père détestait Paris, comme il détestait tous les lieux bétonnés. Il n'avait pas assisté à la messe et avait passé la matinée dans le restaurant à découper du saucisson et des tranches de pâté avant de les disposer sur de jolies assiettes. Quand nous sommes entrés après la cérémonie, il nous attendait, vêtu comme s'il revenait de bêcher son jardin, en short, T-shirt publicitaire, chaussettes et claquettes de piscine, adossé à un mur, bras croisés et mains calées sous les aisselles.

Ma mère lui a fait un grand signe, puis elle m'a emmenée devant les plats qu'il avait préparés, très fière. Tout en m'expliquant les processus complexes de salaison, elle est allée chercher mon père en le tirant par le bras : « Explique à ta fille le temps que ça t'a pris. » Il a traîné ses claquettes jusqu'à moi et m'a dit : « Toi, tu ne manges pas de gibier, ta mère dit que c'est pas bon pour le bébé.

— Merci, papa, d'avoir préparé tout ça, ça a été pour le transport ? »

Il a fait un petit grognement, quelque chose entre « quelle idée à la con de faire ça ici, des églises y en a en Lorraine » et « je suis content de l'avoir fait pour toi », puis il a mis les mains dans son dos et il est sorti fumer une clope avec le cuistot.

Ariel se trouvait dans un espace que Jonas lui avait préparé, avec des jeux et des cahiers. Il était avec les enfants de mon frère et les choses semblaient assez calmes, c'était un petit armistice.

La mère de Jonas était collée au buffet et mangeait à

toute vitesse une tartine de terrine préparée par mon père. Je me suis approchée d'elle pour lui dire : « Michelle, personne ne vous regarde, vous pouvez manger tranquillement », et elle m'a répondu : « Serge est en train de garer la voiture, il arrive », puis elle a avalé sa bouchée et enchaîné avec deux tranches de saucisson qu'elle a arrosées au vin rouge avant de s'essuyer la bouche délicatement avec une serviette en papier. Je ne pensais pas que les parents de Jonas viendraient à mon repas de communion, je ne savais même pas qu'il les avait invités. Imaginant Serge dans l'assemblée, j'ai pris peur, comme si le directeur de l'école débarquait à mon huitième anniversaire et qu'il fallait vite ranger les jouets et les bonbons pour sortir les cahiers et les pommes en quartiers. Quand il a passé la porte, Michelle l'a accueilli en passant un bras sous le sien. Jonas lui a dit : « merci d'être venu, papa, ça nous touche beaucoup ». Je déteste que l'on parle à ma place, le « nous-on » des petits couples m'a toujours dérangée, je me suis retenue de répondre : « Écoute, parle pour toi, on n'est pas une coopérative. » J'ai simplement souri à mes beaux-parents en caressant le bébé qui hoquetait dans mon ventre. Serge a posé une main sur mon épaule et a dit d'une voix douce : « Alors, Lucie, il paraît que c'est un grand jour », puis : « C'est une belle chose, une communion, je crois, la Bar-Mitsva de Jonas avait été un grand moment de bonheur. » Il avait une odeur boisée, très proche de celle de Jonas, sa main était chaude et rassurante, j'aurais aimé qu'il la laisse là, comme une épargne en cas de coup dur. On s'est regardés en souriant quelques secondes puis je me suis sentie nue et j'ai détourné les yeux.

Mes copains m'ont appelée, je les ai retrouvés au bar, ils

commandaient des verres au serveur, faisaient de grands gestes, il était à peine 13 heures. Stéphanie m'a ouvert les bras en renversant un peu de champagne sur mon chemisier, elle m'a dit : « Roger, c'était toi la plus classe, tu pourrais être sur un catalogue de chasubles », puis : « tiens, prends une petite fleur en carotte », elle titubait un peu, un copain de Jonas l'a rattrapée par le bras. Je suis restée à ricaner bêtement avec eux, c'était une ambiance de fond de car, de colonie de vacances, les rires de ceux qui ont survécu à la visite du château ou qui brisent le couvre-feu en chuchotant sous les couvertures ; quelqu'un avait tourné un bouton et augmenté, pour un moment, notre allégresse et la drôlerie des choses.

Au moment du dessert, j'ai fait un discours. J'ai dit ma joie de voir tout le monde, j'ai dit merci, j'ai fait rimer communier avec sanglier. On a levé nos verres et Jonas et ma mère m'ont apporté des cadeaux. Il y avait un étui long et fin d'une bijouterie de Nancy. En l'ouvrant, j'ai découvert une montre Casio comme celle que mon frère avait reçue trente ans plus tôt pour la même cérémonie, celle qu'il refusait de me prêter même quand je le suppliais. Il a précisé : « Ce n'est pas exactement la même, mais il y a un jeu de course de voitures dessus. » Ariel a ouvert grand les yeux, il a sauté sur moi pour la regarder sur mon poignet. « C'est le cadeau moche le plus génial qu'on m'ait offert », j'ai dit en faisant démarrer une voiture avec les boutons latéraux du bracelet. Ariel a dit : « vas-y, maman, fonce, fonce », et mes copains, toujours au bar, ont hurlé en levant les bras : « Fonce, Lucie, fonce ! »

Après, j'étais épuisée, je voulais rentrer chez moi et m'allonger. J'ai embrassé tout le monde et, alors que je passais la porte avec Jonas, ma mère m'a retenue. Elle a couru fouiller un carton que je n'avais pas remarqué et m'a tendu solennellement un sachet de dragées avec mon prénom et la date du jour.

Trois semaines plus tard, Samuel est né. Il est maintenant allongé sur mon ventre qu'il ne veut pas quitter. La cicatrice de la césarienne m'empêche de marcher – et de rire, et d'éternuer –, alors je reste couchée avec lui et je renifle sa tête. Tous les deux on écoute « Into My Arms » de Nick Cave.

Je fixe alternativement le plafond et la porte de la chambre de l'hôpital jusqu'à ce que le ciel m'entende et que quelqu'un entre. Ça finit par marcher et Jonas entre, les bras chargés de sacs. Il m'embrasse et caresse la tête de Samuel.

« Je suis passé voir Ariel, je lui ai montré une photo de son frère, mes parents l'amènent demain.

— Super, je crois qu'il faut changer Samuel », je réponds.

Jonas prend le bébé, le réveille doucement et le pose sur la table à langer. En le déshabillant, il me dit : « Il y a quand même un truc bizarre, je vais demander à la pédiatre, elle doit passer aujourd'hui. » J'écoute à peine, je marmonne : « Ils l'ont examiné quand il est né, il va très bien », et je m'endors.

Je suis réveillée par le bruit de la porte, j'entends Jonas dire : « bonjour, docteure ». Je me redresse, je réponds aux questions indirectes auxquelles je me suis réhabituée – « et comment va la maman ? », « et comment sont les nuits ? ». Jonas lui tend Samuel. Elle le pèse, le mesure, le déshabille, lui enlève sa couche et l'examine en plaisantant : « Ce n'est pas le moment de faire pipi, Samuel, hein ? je veux pas me faire mouiller. » Jonas les observe en se rongeant les ongles puis il se lance : « Ma femme dit que ce n'est rien, mais il y a quelque chose, non ? » Elle regarde attentivement et pose sur son nez les lunettes qui pendaient à son cou.

« Oui, c'est un hypospadias.

— C'est bien ce que je pensais, répond Jonas comme s'il avait publié un article sur le sujet.

— Un quoi ? je demande.

— C'est bénin, rassurez-vous, simplement son prépuce est incomplet, répond la pédiatre.

— Comment ça, incomplet ?

— Samuel est né avec un demi-prépuce, chérie, t'as pas prié assez », dit Jonas.

Mon corps réagit bizarrement à la surprise, je me mets à tousser. La douleur sous ma cicatrice est insupportable. Samuel, le second fils de la *shikse* et du juif contrarié, est né à demi circoncis.

« On verra si on opère, dit la pédiatre qui ne connaît ni les six millions ni mon beau-père.

— Euh... et disons qu'on ait prévu de l'opérer la semaine prochaine dans le cadre d'une circoncision rituelle ? demande Jonas.

— La table du salon est prête, j'ajoute en buvant de l'eau.

— Impossible, il faudra que ce soit fait dans un hôpital et pas avant l'année prochaine. »

Jonas ouvre de grands yeux, il se gratte l'arrière de la tête.

« Tu vas devoir appeler tes parents », je dis.

Il se tourne vers la pédiatre et lui demande : « Vous pourrez me faire un mot ? »

Elle ne répond rien, elle finit son examen. « À part ça, il va parfaitement bien », elle conclut en remplissant son certificat de santé. Puis elle tend le papier à Jonas en ajoutant : « Ça devrait leur suffire », puis : « Consultez l'année prochaine, surtout », et elle s'en va.

Jonas appelle Serge et Michelle qui proposent que l'on rencontre un mohel pour avoir un second avis. Jonas s'y oppose, puis il quitte la chambre téléphone sur l'oreille pour leur dire je ne sais quoi. Je chantonne pour Samuel : « *and I don't believe in the existence of angels, but looking at you I wonder if that's true* », et je lui caresse le dos.

Quand il rentre dans la chambre, Jonas propose que le prénom hébreu de Sam soit Heber, le pont, celui qui relie.

Épilogue

« C'est l'histoire d'un garçon façonné dans la glaise par deux sculpteurs amoureux. Cette glaise est chargée d'histoire et de fantômes qui murmurent à l'oreille du garçon. Ils lui disent qu'on leur a fait beaucoup de mal, qu'il faut se méfier des autres, qu'ils sont dangereux. Les sculpteurs n'entendent pas les voix, ils ne pensent qu'à la beauté du garçon de glaise. Ils choisissent d'appeler le garçon "Haïm", "la Vie", et écrivent ce nom sur son front.

— Comme moi ?

— Comme toi. Haïm en grandissant prend pour mission de défendre les voix de la glaise et de les venger. Il se met à frapper au hasard et blesse des innocents avec ses poings. Quand les sculpteurs s'en rendent compte, ils ont très peur, ils ne comprennent pas. Ils n'ont fait qu'entourer Haïm d'amour et Haïm répond par la violence. Ils savent qu'ils doivent arrêter Haïm avant qu'il ne blesse trop gravement quelqu'un. Ils en parlent longuement puis ils demandent au garçon de se pencher vers eux.

— Pour lui dire quelque chose dans l'oreille ?

— Tu vas voir. Quand le garçon se penche vers eux, les sculpteurs effacent le nom sur son front et le garçon s'endort. Du crépuscule à l'aube, les sculpteurs bercent le garçon. Au matin, ils décident de laisser au garçon le front nu, de ne pas lui donner de nouveau nom. Doucement, ils le réveillent et lui disent que c'est l'heure du petit déjeuner.

— Et alors ?

— Alors, le garçon est libre. Il n'a plus d'étiquette.

— Il n'entend plus les voix ?

— Si, mais il a le droit de ne plus les écouter.

— Et après ?

— Il commence à regarder autour de lui et il découvre qu'il adore jouer à la balle au prisonnier.

— Il se fait des copains ?

— Oui et il est invité à plein d'anniversaires.

— Trop de chance !

— Allez, dodo.

— Bonne nuit, papa. »

Jonas embrasse Ariel, pose la main sur la tête de Samuel, puis il éteint la lumière.

REMERCIEMENTS

Je remercie Jonathan d'avoir inspiré ce livre, Catherine Cusset de l'avoir aimé, et Charlotte von Essen de l'avoir rendu meilleur.

Toute ma tendresse va aux copains qui ont lu ce texte sur leurs téléphones dans ses premières versions et sans qui il serait forcément différent (Anne-So, Benoît, Cap, Cath, Clara, Emma, Émilie, Inès, Julie, Laure, Lucile, Martin, Nico, Rabb, Véro et, bien sûr, la merveilleuse Solène Deltell).

Merci enfin à Jacques et Marie-Thérèse Belgy pour l'amour et la confiance.

Composition : PCA
Achevé d'imprimer
par CPI Firmin-Didot
à Mesnil-sur-l'Estrée, en juin 2025
Dépôt légal : juin 2025
Numéro d'imprimeur : 184543

ISBN : 978-2-07-311265-1/Imprimé en France

657454